【文庫クセジュ】

十七世紀フランス文学入門

ロジェ・ズュベール著
原田佳彦訳

白水社

目次

はじめに

一九四三年にフランスで刊行されたヴェルダン＝ルイ・ソーニエ著『古典主義の世紀のフランス文学』（コレクション・クセジュ、本書と同じ刊行番号）のように、フランス文学史のなかで十七世紀全体を「古典主義の世紀」と呼ぶことは、もちろん、許されないというわけではない。ソーニエが選んだ書名『古典主義の世紀のフランス文学』の刊行から五〇年を経たいま、われわれがソーニエよりもずっと中立的な題名『十七世紀のフランス文学』を採用したのは、「古典主義《クラシック》の」という形容詞に含まれている賞賛の響きをただひとつの世紀だけに当てはめるのを避けたいからなのである。[1] 教養あるフランス人であれば誰でも、自分の読む書物をこの時期だけに限るようなことはしないものだ。それにまた、われわれは多くの人びとと同様に、十七世紀よりもっとあとの著作家も規範《モデル》となりうるし、教室《クラス》で教えられるに値する（ここにこそ、「クラシック」という用語のありうべき二つの定義がみられるのだが）と認めているのである。

（1）邦訳では、ソーニエの著書が『（改訳）十七世紀フランス文学』（文庫クセジュ二四六番）とされている。本訳書はこれと区別するために、『十七世紀フランス文学入門』とした。

年代に関してあれこれ述べることはできるし、また一六六〇年から八〇年のあいだに刊行された作品、一六二〇年代に生まれた作家の作品しか「古典」として認めないとすることもできないわけではない。それはそれでまた別の仮説、容認できはするが同時に不充分でもある仮説である。こうした仮説は、

硬直した年代配列《クロノロジー》におちいりがちであるし、「世代」といういささか曖昧な概念を重視しすぎることになるからだ。それに、文学史が果たすべき務めは、作家の人物像よりもむしろ作品を解明することなのだから。歴史の説明には段階があって、それは集合的感性の動向と趣味〔審美感覚〕の進展過程とで示される。しかし、政治史上の重要な画期的出来事に触れずにすますわけにはいかないだろう。なぜなら、治世や宰相の交替、いくつかの条約や戦争といったものは、同時代の人びとや歴史家たちにきわめて強烈な印象を与え、そうした事件を目の当たりにして、「時代の転換」という感覚を抱かせることになったからである。諸芸術全般にわたって、「アンリ四世様式」とか「ルイ十四世様式」とか言われる場合にも、さほど事情は変わらない。

正確な日付をもった政治的事件とは異なり、精神の広範な動きはゆっくりと生じ、また多くの場合、徐々に消滅するもので、日付を確定するのは難しい。本書の年代配列に関して、われわれは二つの主要部分〔第一部と第二部〕のあいだに――ほぼ二〇年程度の――長きにわたる重複期間を認めるのが最も適切なことであると考えた。この時期は、宰相リシュリューの長期にわたる執政期間に対応している。すなわち、一六二四年から四二、三年にかけて、十七世紀フランス文学はその作品にもたらされた二つのおおいなる活力――想像力とよき趣味とが同時にではあるが、別個に――の発展をみたのである。ルイ十三世〔在位一六一〇〜四三年〕の治世には、父王アンリ四世〔在位一五八九〜一六一〇年〕統治下におおいに求められた力強い想像力が花開き、さらにはまた、よき趣味に対する要求の表われがみられる。このよき趣味への要求こそ、ルイ十四世〔在位一六四三〜一七一五年〕のきわめて長期にわたる治世のあいだ、フランス文学を特徴づけることになるのである。われわれはここで、想像力の時代〔一五九〇年頃〜一六四三年まで〕とよき趣味の時代〔一六二四〜七四年まで〕とを順次検討してゆくことにしよう。

一六七四年以降もよき趣味の時代は続くのだが、しかしそれはまったく新たなかたちをとることになるので、一六七五年から一七一五年までの時期は別に〔第三部〕検討する。

想像力と趣味〔美的判断〕というのは文芸批評上の概念だが、その定義についてはあとで論じよう。古典主義《クラシシスム》もまた批評の用語であるが、しかしこの古典主義ということばはその時代のものではない。それに、これは学校教育で用いられるせいでつねに伝統墨守《アカデミスム》や反復といった考えを連想させるおそれがある。そこにみられるのは、後世からの視点《ア・ポステリオリ》なのだ。こうした視点とは逆に、十七世紀の批評論をその源泉〔時代〕にさかのぼり、そのテクストが生み出された状況に置きなおして検討してみるならば、クラシック期に対するわれわれのイメージとは非常に異なった雰囲気にわが身を置いていることに気づくだろう。いくつかの流派《エコール》の形成（マレルブ、ヴォワテュール、ペローといった人たちの周囲に）、集団組織の出現（最初期のアカデミー・フランセーズ、様々なサロン、コルネイユの信奉者たち）、傑作や美に対する論議（「新旧論争」だけではなく、きわめて多くの「論争」があった）といったものこそ、絶えず揺れ動く文芸世界の特徴的表現であり、そこでは論戦が最も大きな場を占めていたのである。そうした攻撃的なやり取りを、個人的な気質だけによるものとして解釈したり、また瑣末な逸事として矮小化してしまったりするのは、嘆かわしいかぎりということになるだろう。十七世紀においては、ペンによる闘いは些細な挿話にすぎないといったものではなく、それどころか新たな黎明期にある文学潮流の誇りと思考の場のすべてを支配しようとする意志とを顕示することだったのである。

この時代の批評は攻撃的で騒然たるものである。マレルブがいきりたって、先輩作家デポルトの文章や詩句を書き直したり、スキュデリーが現下の道徳《モラル》にことごとく違背しているとして、コルネイユの『ル・シッド』の「過ち」を批判したりするのがみられる。あるいはまた、当てつけという形をとった

攻撃的批評もある。たとえば、ラシーヌがコルネイユに対して（「意地の悪い老いぼれ詩人」）、ラ・フォンテーヌの『寓話《ファーブル》』に対するペローの当てこすり（『童話集』（コント）の序文のなかで）といったような。こうしたことは礼儀を踏みにじることではない、そうではなく、ルネサンス期の文芸共和国に倣って、社交界の流儀から離れ、作家たちのもっと自由な社会を受け入れさせようとする要求の表われだったのである。ルネサンス期、学者たちは、全力を挙げて自己の主義主張の擁護にその身を投じる弁論家のような流儀で、作家たちと同じように論争好きだったのだ。作家たちのあいだで認められた評価、賛同派や反対派に対する偏見でさえも。つまり、それは個人的な論争ではなく、真理と美の探究、集団的な探究に対する関心を示すものだったのである。

十七世紀の作家の共和国は、それを包み込んでいた社会の君主制機構を模倣しようと務めることにその身を委ねたわけではない。また、この共和国がもたらした規律も国家秩序とはなんら関係がない。アカデミー・フランセーズの創設とコルベールの宰相就任の際に、国家が介入したが、しかしそれは豊かな創造作用に比べればきわめて数少ない例外的な事態だった。想像力という資源と、過去から受け継がれた様々な知や色々な形式《フォルム》に包まれた、すばらしい作品の蓄積は、現にある政治権力の意向以上の重圧になっていた。ジャン・シャプランは、このあいだの事情を完全に理解していたから、リシュリュー、ついでコルベールが文人たちとの交流に際して、シャプランにあつい信頼を寄せることになる。修史官や公認の詩人〔御用詩人〕（これこそまさに、ピエール・クララックが「文学・芸術の政府機関」とよんだものである）に対する厳格で効果的な守則と、またこちらはそれほど緩いものではないが、彼らに対する指示とは別に、十七世紀の支配者たちは言葉《パロール》の芸術の特殊性とこの芸術が花開くのに不可欠な自律性とをよくわきまえていた。三世紀以上にわたって繰り拡げられたイタリア文学の数々の冒険が、その雄弁な実例を提

供していた。その豊穣さと魅惑に匹敵するには、アルプスの彼方〔イタリア〕と同様に、意志の統一や特別な政策といったものを必要とはしなかったのである。イタリアにはっきりと見てとれるのは、地域的な権力や限られた狭いサークルで、一時的な奨励であっても長期的な見通しや統治者の介入に劣らず、実りあるものだったということである。

それでは、「理性《レゾン》」のほうはどうだったのか、ということになるだろう。十七世紀というのは、フランスで最初の「理性的《ラシオネル》文学」の世紀ではなかったか？　文芸の歴史と思想〔観念《イデー》〕の歴史を混同してはいけない。実験科学（ガリレー、ベーコン）の分野ではこの世紀の冒頭から、またそれに続いて、哲学の基礎づけ（デカルト）に関しても、大きな変革が生じているのだ。とはいえ、一六七五年（この年を選んだのは、時代の転換点となっているからだが）以前には、観測の影響力も明晰かつ判明な観念の形而上学も、教養ある人びとのあいだで、アリストテレスやスコラ哲学、つまり、大学でだけではなく人文主義者《ユマニスト》の書物が教える「閉ざされた」学問の権威に打撃を与えるまでには至っていなかったのである。フランス「精神《エスプリ》」の獲得とは、「デカルト的」精神の獲得ではなかったのだ。そこにあったのは、文芸《ベルレットル》に固有の想像力とよき趣味の力学である。この力学こそ、批評的《クリティック》理性が介入してくる以前よりもずっと前に、十七世紀文学の歴史を貫いていたものだった。なるほど、数学的計算が出番を迎え、とりわけ十八世紀になってから、人びとが宇宙に対して、したがって自分自身に対して抱いてきた表象《ルプレザンタシオン》を覆すことになるのは間違いない。が、しかし、こうしたいわゆる機械論的概念は、当時なお、パスカルのような数少ない先駆者たちのあいだで受け入れられるにとどまっていた。

本書が対象としている領域に関しては、したがって、科学思想の歴史は一般にそう考えられるほど参照されるべきものではない。これに対して他方、宗教思想についてはしかるべき重要な場を割り当てなければならない。この分野では、その論理的側面が最も重要であるのではない（しかしそうはいっても、共同体の善〔利益〕、美徳と悪徳との明確な区別などといったものは、大半の人びとの意識〔良心〕に認められたトマス〔・アクィナス〕神学的観念だったのだが）。文学的創造の面でそれ以上に重要なのは、霊性《スピリチュアリテ》〔霊的生活〕という側面である。この十七世紀においては、それ以前にもまして、信仰心《ピティエ》〔慈愛心〕が個人的なものとなる傾向にあった。言うまでもなく、カトリック教会において、またプロテスタントのあいだでさえ、集団的信仰や文化的実践、そして制度的統制といった側面が依然としてきわめて大きな部分を占めていた。しかしそれにもかかわらず、この時代の信者たちは、過去のどんな時代にもまして、神との直接的な関係のうちに身を置いていたのである。信者は次第に、個人的に聖書を解読する（ことができる）者として扱われるようになった。自分自身の「情況《コンディション》」を省察する者とみなされたのである。

もちろん、過去においても、最もすぐれた精神《エスプリ》の持ち主が、キリスト教信仰に基づいてにせよ、あるいはまた古代の偉大な哲学からにせよ、人間についての理念を作り上げてきた。十七世紀に固有なことは、全般的にみて、こうした省察が内面化されたところにある。宇宙のなかで人間はいかなる位置を占めているのか、また宇宙と人間との双方のあいだにいかなる照応《コレスポンダンス》が存在するのか、と問う代わりに、人びとの関心は個人の内奥に集中するようになる。聖アウグスティヌスは、人間の「心《クール》」を神と人間との闘いの場、罪と恩寵との戦場としていた。そうした意味で、十七世紀は全般を通じて「アウグスティヌス風」である。すなわち、十七世紀の最も世俗的な作家——祈祷も救済も題材に取りあげなかった者——でさえ、人間の心の神秘に魅了されていたのだ。

まして、この時代の宗教的な作家においてはなおのこと。もちろん、そのすべてが文学史の全景《パノラマ》のなかに姿を見せているわけではない。ただ、文体《スティル》への配慮や未来の俗人〔一般信徒〕に及ぼす影響力によって抜きんでた作家だけがその名を残すことになるのである。というのも、無視できない作家がいるにしても、この小さな概説書では、彼らを取りあげ正当に評価することができないからだ。たとえば、改革〔カルヴァン〕派の牧師、「聖人の世紀」の担い手（聖ピエール・フーリエ、聖ジャン・ド・ブレブフ、聖ヴァンサン・ド・ポール、等々）の教えを心から信奉していた司祭や修道者、福音の務めに浸りきった高位聖職者のことである。例外的な扱いとして、イエズス会（ローマ教会と教皇権の優越性を熱烈に支持する会派）とガリア〔フランス〕教会派（フランスの王権に与し、王権の本質的宗教性に対する確信を抱いている会派）とのあいだの論議が、フランスにおける想像力と趣味とに大きな影響をもたらした、という事実だけは指摘しておくべきだろう。この論議は、言葉《パロル》の本性と言葉がそれを聞く者〔聴衆〕に及ぼす作用の仕方に向けられている。イエズス会側は装飾的な文体、つまり説教者が提示する具体的な呼びかけによって喚起される聴衆の精神を魅了するような文体を奨励した。ガリア教会派のほうはもっと厳格で、論争相手をすぐさま詭弁家《ソフィスト》呼ばわりし、積み重ねられたおびただしい引用、すなわち古代の著作や聖書の権威の寄木細工《モザイク》が自派の言辞《ディスクール》に抗しがたい重みを与えることになる、と思い込んでいた。

マルク・フュマロリ(1)が指摘したように、こうした対立は党派の枠を超えてしまっている。イエズス会士たちは「プロヴァンシアル」論争よりずっとあとまで、また彼らの信奉者たちも十七世紀末に至るまで、その文体において欺瞞と不誠実の嫌疑をかけられたままになった。古典主義作家はつねにガリア教会派の後継者、つまり厳格な文体の信奉者だったが、しかし厳格な文体はそれ自体として、そうした文体を用いて書く者の邪気のなさを明らかにするのだろうか。単純さという理想とは相容れない難解さに満ちた、読みにくい文体で書いた古典主義作家が、ガリア教会派の継承者であるというのも疑問の余地がある。詭弁家を矯正するには、衒学者だけでは充分ではなかったのだ。もっと確かな場で、イエズス会派とガリア教会派との双方の後継者たちを、お互いに出会わせなければならなかったのである。そうした総合の場は、趣味という概念によってもたらされる。そして、この趣味という概念はマレルブ、アカデミーやサロン、そして結局のところ、あらゆる作家たちによって推進されることになるが、そうした態度が十七世紀文学の主流をなしているのである。

（1）マルク・フュマロリ、一九三二年〜、コレージュ・ド・フランス教授（修辞学）、アカデミー・フランセーズ会員。十七世紀フランス文学の研究に新局面を開いた。

趣味なる概念は、もともとアリストテレス的なものではない。それはラテン語（judicium）〔判断（力）、識別、美的感覚、趣味〕からきたもので、キケロとクゥインティリアヌス[1]によって主張されたものだが、とりわけホラティウスの『詩論』によって広く知られるようになった概念である。ホラティウスの教訓的で、同時にまた直情的でもある詩の影響力は、ルネサンス以降、きわめて強大なものだった。ホラティウスの『詩論』は、技法上の助言、手法《こつ》、気をつけるべきことなどに関して、アリストテレスの『詩学』よりもえてして繰り返し引用されることが多い。抜粋しやすいこの箴言集の溌剌とした性格は、「技法の諸規則」――しばしば、この規則の存在が十七世紀の特徴のひとつと考えられているのだが――と繋がっている。批評論争が起こるたびに、「規則」という語が繰り返されるのがみられるのである。しかし、ここで二つの点を指摘しておかなければならない。一方で、こうした規則は学説に基づいて形成されているわけではなく、むしろ特定の限られた読者の気に入るように、同時にまたそうした読者を教育するために、職人から職人へと伝えられる助言のようなものとして提示されている。他方また、この規則は、気に入られるということと教育するということとがまさに一体となって分かちがたく結びついているような文学的野心との関連においてしか存在しない。こうしたホラティウス的なものこそ、十七世紀のきわめて享楽的な特徴であり、それはまた同時に現代の特徴でもあるのだ。つまり、文学では、退屈させることは禁物なのである。

（1）クゥインティリアヌス、三〇年頃～九六年頃、ローマ帝政期の代表的修辞家。スペインに生まれ、ローマで最初の勅任弁論術教授に任命され、長期にわたってローマの弁論術学校で教えた。キケロの弁論を模範とし、大著『弁論術教程』を執筆、記憶術についても論じている。ルネサンス期以後の学校教育にも多大な影響を与えた。

というわけで、「規則」というこの微かな旋律を、両派のやかましすぎる大合唱で圧倒してしまうような過度に体系的な説明の仕方は、疑ってかからなければならないだろう。規則の存在は、ただそれだけでは、われわれが「理性」の世紀に入り込んだことの証拠となるものではない。同様に、こうした規則の形成は、十七世紀というフランス近代史上のあの長い一章を通じて、政治的変革とはさして関係のあることではない。言語《ラング》の規律《ディシプリン》〔規則〕と国家の規律〔秩序〕とは別々のものであって、並べて比較できるようなものではないのだ。両者の一時的な結びつきについては、マルルブとアカデミーの発足のところで触れることになろう。だが、一六四〇年を過ぎる頃にはすでに、文学の栄光と政府の栄光とは必ずしも並行した道程を辿ることがなくなるのである。全体として捉えられた社会が秩序《オルドル》（すなわち従属（オベイサンス））へと向かうという事実から、規則は集合的無意識（?）において「秩序への欲求」に応えるものだ、というような公準を引き出すことはできない。モリエール、ラ・フォンテーヌ、ボワローほど知識や経験が豊かで、確信に満ちた「秩序」の友〔味方〕もほとんど他に例を見ないが、しかしそうであるにしても、これら三人の作品はいずれも一義的な政治的地平で読まれるべきものではないのだ。それぞれに相異なる偉大さがあり、パスカルが考えたように、肉体の秩序と精神の秩序とは別なのである。

この精神の「秩序」に関して、多くの自立〔自律〕した表示《プレザンタシオン》〔表現＝作品〕が存在する。われわれの研究はひとえに、それを確認することに向けられている。本書の目的は、作家ととりわけ作品を全体のなかに位置づけることにあるので、その他の絵画や音楽、また芸術一般といった精神の表示〔表現〕については、やむなく簡単な示唆に留めざるをえない。「芸術論争」というのはまさしくルネサンス、とりわけイタリア・ルネサンスのありふれた話題だったが、十七世紀には、アカデミー・フランセーズが恒常的に関心を寄せた問題だった。しかし、本書でこの問題を取り扱うことはできない。とはいえ、十七世紀は——ただ文芸庇護《メセナ》、国家による庇護のような個々の文芸庇護活動は別にして、また民衆の好みがどれほどばらばらでありえたにしても——全体としては、他のどんな芸術よりも言葉《パロル》の芸術を愛好していた、ということだけは指摘しておかなければならない。

この十七世紀という時代に、言葉《モ》が色彩や量感、あるいは造形《デッサン》よりも価値があったのは、言語《ラング》というものが他のいかなる素材にもまさって異論の余地なく、また本質的にフランス的な素材であったからである。この時代の、君主的であると同時に国民的な誇りは、近代フランス語というあの若々しくも輝かしい言語に支えられていたのだ。このような確信〔自信〕が、当然、言語という道具の工房《アトリエ》たる文学を好むことになったのである。

第一部　想像力の時代——一五九四〜一六四三年まで

第一章　十七世紀と文学における想像力

想像力という強力な観念は、ロマン派の作家に由来する。が、実際には、十六世紀にはすでに、イマージュの担い手〔伝達者〕たる作家が持っているこの想像という能力は、創造の一種として認められていた。隠秘学《オカルティズム》の世界では、そうした確信が拡がり、さらにはジョルダーノ・ブルーノでさえ、ゼウクシスやフィディアスといったギリシアの画家や彫刻家の造物主《デミウルゴス》的能力を褒めそやしたのである。十七世紀も盛期になると、ローマに暮らしながらパリで尊敬されていた画家、ニコラ・プッサン[1]は、どんな画題についても表現される〔描かれる〕以前に「想像力のうちに形象化されて」いるべきことを求めている。これと同じような言いまわしが、十七世紀初頭の作家たちにあっても読み取れるし、また彼らがこうした言い方をするようになったのは、画家たちとのつきあい〔作品を見ること〕に影響されてというよりも、作家たちが学びとった修辞学《レトリック》、つねに変わることなく生彩に富んだ修辞学に鼓舞されたからである。すぐれた弁論家はひとを説得しよう、したがってまた感情を揺り動かそう〔感動させよう〕とするものだ。だからこそ、キケロの『弁論家について』(『雄弁家論』)は、諸々の情念をあるがままに描き出さなければならない、したがって、何よりもまずそうした情念をみずからのうちに感じ取らなければならない、と教えている。自然の模倣的再現——アリストテレスの『詩学』に規定されている——は、したがって、想像力の正統派なのである。

（1）ニコラ・プッサン、一五九四〜一六六五年、十七世紀フランスの代表的画家。神話や古代史、聖書に取材した歴史的風景画を描いた。生涯のほとんどをローマで過ごした。

これに対して、様々な反論が巻き起こった。想像力という「動物的」能力は、ガッサンディによれば、人間のうちにある身体的〔肉体的〕なもの、それゆえ低劣なものの声ということになる。聖アウグスティヌスの弟子〔ジャンセニスト〕の厳格主義を弁護すべく筆を執ったパスカルは、想像力を「ひとを欺く幻惑的な力」と考えた。しかし、まさしく、美術や詩、そして散文といったものは一個の全体として捉えられた人間に語りかけるもので、神学者の多くはこれを認めていない。また世俗の作家はそのつもりで書いたのである。古代の作家たちが彼らに手を差し伸べる。すなわち、古代の哲学者は、人間とは一個の複合体であるとしているし、また古代の修辞家を支えているのは、まさしくこの複合という確実な事実なのだ。言葉《パロル》、つまり人間の「ロゴス」の伝統的分析もまた、もうひとつ別の事実に立脚している。すなわち、言語《ランガージュ》は言語の息子〔言葉は言葉から生まれてくる〕であり、したがって、言語にはその生命の源泉が存在する。「弁論術《エロカンス》の泉」からたっぷり汲みあげている作家たちは、自分たちの「豊穣さ」がひとの興味をひきつける、と確信している。

ルネサンスについで、しかしまったく自立的に、十七世紀初頭には、言語表現《ヴェルブ》の豊かさはおそらくは神に、そして間違いなく芸術に由来する恩沢であるとする考え方が広く行き渡っていた。このような社会に、形態《フォルム》の増殖、繰り広げられる見世物《スペクタクル》の奇抜さないし野蛮さ、過剰な動きといった特徴によって表示できるもの、一般に「バロック」といわれるものが現われたのは、何よりも言葉《パロル》がもつ力に対する社会の信頼、芸術作品を目の当たりにした驚嘆の念に起因するのである。様々な芸術作品のなかでも、何世紀もの時代を越えて伝えられてきた言葉《モ》による作品がとりわけ感動的で豊穣なものとして尊重された。

古代の文芸は、想像力にとって、まさに豊穣の角[1]そのものである。古代の作家を模倣することは、さらに進んで自然を模倣すること、つまり自然の本源的な力を獲得することにもなるのだ。

（1）ゼウスの乳母アマルテイア（牝山羊）の角。果物や花をいっぱいに詰めた角で、豊穣の象徴。

修辞学教育が「記憶〔力〕」を教養人の主要な手段《てだて》としているだけにいっそう、古代の作家たちはこうした創造的模倣に対して多大なものを提供することになる。これは繰り返しのための記憶力、受動的な記憶ではなくて、多くの知識や言いまわし〔表現〕、文脈といった貴重なものの自在な配置のことで、これらをすぐさま適切に利用するためのものである。したがって、「記憶力」の訓練には「判断力」が加えられる。また、この記憶力という神秘的な能力は個々人の特別な才能の一局面であるから、修辞学を学んで鍛えられた詩人や散文家は自分の「才能」を「判断力」で補うことを決して忘れてはならない。まさしく、こうした教育方法《プログラム》が、一五四九年以降、脅迫的な調子で、ジョアシャン・デュ・ベレの『フランス語の擁護と顕揚』によって、地域語を用いて書いていた作家たちに指針を指し示したのだ。われわれが言うところの模倣《イミタシオン》は、当時の作家たちにとって隷属を意味するものではない。すなわち、古代作家の手本《モデル》から、われわれは何でも失敬してよい、というわけだ。フランク族の出であるフランス人たるわれわれは、征服者であることを、野蛮人であることさえ、恥じ入るには及ばない。われわれが、多くのものを受容しつくすために、すべてを創り出さなければならないのである。したがって、われわれはフランス人として、またキリスト教徒として、われわれの慣用のなかに様々な異教的形態を作り直すことになるだろう。神話的高揚、哀歌の嘆息、不運な王、貴人や凱旋の将軍、雅俗混交体の幻想物語や冒険譚、海賊や恋に焦がれた女、老いぼれと美男、果ては遣り手婆に至るまで。ようするに、古代ローマ人とギリシア人は――その「古典作品」だけに限られることなく――すべてをもたらしている。ここにこそ、多様性への要求を満足させ、想像の世界の喜悦を保証する固有の源泉、人文主義者の「記憶〔力〕」を潤す、汲めども尽きない泉があるのだ。

そうした記憶〔力〕の「典拠」〔トポイ〔・コイノイ〕〕は、こんにちの文芸批評ではふつう「主題」という名称で用いられるが、確かに、「トポス」とは純然たる引用のことではなく、それ以上のもの、つまり読者＝観客〔鑑賞者〕の耳目を惹きつける、生きたテーマのことなのである。こうしたテーマが、鑑賞者に一時《いっとき》、自己の文化＝教養のなかにあるのと同様の美、同種のことがらを扱っている、以前に出た数々の書物を思い起こさせ、ひとつの確かなイメージの周辺《まわり》に、典拠となる〔模倣された〕作品にみられる――この独自のイメージに付随する――他の様々なイメージを喚起することになる。わかりきったことだが、それは継続的な再活性化〔進展〕の可能性、果てしない喚起、驚くほど豊かなテーマのネットワークなのだ。読者〔観衆〕にあっては、各自がこの間テクスト〔相互に関連しあうテクスト〕からそれぞれ理解しうるものを手に入れる。作家のほうは、意識的に、もしくはそれと知らずに、かつて一度も消えることなく継続し、絶えず新たな噴出の前夜にあるマグマを繰り返し掻きまわすにつれて、ますます豊かな想像力を獲得したのである。

十七世紀初頭のフランス文学は、したがって、想像力の祝祭というべきもので、これには作家の職業的な誇り〔自尊心〕、その選良主義的《アリストクラット》姿勢が与っているのだ。彼らエリートは、二方面に対する挑戦に応じなければならなかった。読者を失望させてはならず、他方、前代の作家が達成した高い社会的地位を失ってはならない。ジャン・シャプラン〔三一頁参照〕は、駆け出しのころ、しがない家庭教師〔貴族子弟の教育係〕にすぎず、有力な後ろ盾の恩典を受けることもなかった。[1] だが、奇想と騎士道というイタリア文学の大流行をパリで代表していたジャンバッティスタ・マリーノを論評するにあたって、シャプランは詩を讃美するつもりだったが、充分には果たせなかった。詩というのは神々の言葉《ラング》であり、また「哲学」である。それはつまり、詩は知の総体を包含しているということなのだ。そして、未来のアカデミー・フランセーズ会員、シャプランはこのときすでに、のちに世に出る『ラ・ピュセル』（『オルレアンの乙女』）（ジャンヌ・ダルク）年代記を構想していた。シャプランの野心満々の叙事詩『ラ・ピュセル』（八八頁参照）は、作者に栄光をもたらすことにはならないが、しかしフランスの戦いと「真理」（の化身たる乙女）の戦いをともに讃美することを強く打ち出している。

（1）ジャンバッティスタ・マリーノ、一五六九～一六二五年、十七世紀イタリアの詩人。ローマ、パリ、ナポリで活躍、波瀾に富んだ生涯を送った。一六一五年、マリー・ド・メディシスに招かれパリに住み、ルイ十三世の寵を得た。パリ時代に代表作『サンポーニャ』、『アドーネ』を刊行、奇想と神話的想像力に満ち、豊かな修辞に特色がある。

ゲ・ド・バルザック（三六頁参照）はもうひとりの、きわめて想像力に富んだ作家である。若き日のゲ・ド・バルザックが同時代の貴族社会の人びとから受けた嘖嘖《さくさく》たる悪評は、彼ら貴族が自分たち自身の伝統のうちにある奇態《グロテスク》な精神と大袈裟な言葉遣いを一時的に忘れていたことから来たものである。ひとに「ナルシス（ナルキッソス）」と呼ばれたとしても、「自己」の姿《イマージュ》にひとり自惚れているのだと思われていたにしても、それこそまさしくバルザックがわざとやったことなのだ。バルザックの悪戯《コケットリー》は、ひとつの純粋な「精神《ジェニ》」とみずから言っているところで、一時的に、彼の判断力を人目から隠すものである。

これと同じような意味合いで、テオフィル・ド・ヴィヨー（四九頁参照）は「自由思想家《リベルタン》」の典型、オノレ・デュルフェ（四〇頁参照）は「つれない薄情女の犠牲《いけにえ》」となる、あの「恋する羊飼い」ということになるのだ。もし、こうした作家たちの生涯を扱うとすれば、多くの詩人たちも思いもよらぬ変人奇人としてその姿を現わすことになるだろう。タルマン・デ・レオー（一六一九～九二年）はその『逸話集』のなかで、文

学者のあいだに見られる衝動的言動や奇行を語ることだけに専念し、文学界の消息《ゴシップ》を活写している。
いささかなりとも「狂気じみて」〔常軌を逸して〕いるというのは、無軌道な言動を非難する謹厳な人びとが多勢いるにしても、詩人にとっては必ずしも悪い見られ方ではない。宮廷では、軽妙粗忽、さらにドン・キホーテ的夢想癖は粋《エレガント》な態度なのだ。芸術家の「狂気」は、それ自体がひとつの主題《テーマ》である。事実、その超人的天才のゆえに破滅した例があったのだが、そのひとつとしてイタリアの詩人タッソという実例《モデル》もある。タッソは、十九世紀だけが受け入れたと素朴にも信じられている、あの高貴な憂鬱症《メランコリー》の典型なのだ。当時の生理学や医学は、この憂鬱気質の不可避的成り行き〔宿命〕を危惧していたが、しかしその芸術を信用しないというわけでもなかった。たとえ悪を創造しえたとしても、この憂鬱気質が生み出す芸術はまた、悪の対抗手段〔救済策〕をも保持しているからである。詩人が想像した美しいもの、芝居の見事な上演は、心を静め、精神を鼓舞する。古代の学者が教示しているとおり、情念《パッション》というあの魂の病を癒すのである。

おのずから、このバロックの時代がその苦悩と誇りとを託したのは、何よりもまず演劇である。理論上は「真実らしさ」ということが標榜されはするが、しかしこの演劇という場でたたえられるのは「想像力」崇拝なのだ。幻想《イリュージョン》の二つの形態を、演劇に見出すことがおおいにもてはやされた。ひとつはいささか子供っぽいものではあるが、現実逃避の幻想で、この世紀〔十七世紀〕の終わりに至るまで、「機械仕掛け」の舞台装置、バレエやオペラがこうした幻想を育みつづけることになる。もうひとつ、こちらはもっと成熟した――演劇にみられる瞑想的な〔人を考えこませる〕ものに気づいている――幻想、すなわち、役者の演技には〔役者が演じているというだけではなく、人間一般に通じるという意味で永遠の〕影の演技が込められており、観客が立ち会う軋轢や事の成り行きは、実際に誰もが自身のうちにもっている内

的葛藤がそこで表現され〔演じられ〕ている、と感じられるのである。もはや、かつての「聖史劇」に見られるような、寓意像《アレゴリー》を舞台に登場させるといった習慣はなくなってはいたが、しかし、この時期、フランスの演劇は、他の国々と同様、人間の条件《コンディション》についての省察をその主要なテーマとしている。したがって、ときにそうした対比がなされるのだが、バロック（まったく外見上の）を分析能力や内面的感情（この場合「古典的」と考えられているような）と対立させるのは間違っている。演劇が問題とされるか否かにかかわらず、情動の表出は修辞的形象《フィギュール》〔表示〕として一般に受け入れられている。文学のこうした技法は、作家の誠実さに関して観客に不安を引き起こすどころか、逆に、観客に対して質の保証をもたらすものなのだ。伝統的に美しいとされている表象《イマージュ》を再び作り出すことのできる作品に感動したことで、人びとはそれで満足している〔自分が偉いと思っている〕自分を感じるのである。典拠の豊かさとは、まさしくこうしたものなのだ。生涯のそれぞれの時期、人間と自然、秩序と混沌、労働と休息、野心と思慮分別、男女関係、等々、こういったあらゆる主要テーマは、恒久性と変動性とをともに容れることができる。それゆえ、この時代の演劇は、かつて書かれたもののなかで最高度に文学的な演劇のひとつなのである。それはただ古代やルネサンス期の劇作家からのみ着想を得たわけではない。演劇に生命を吹き込むべく、過去に存在した文化の宝庫のすべて——詩と歴史《イストワール》、物語《ロマン》、教訓物語《モラル》〔道徳論〕、哲学——が、動員された。

　とはいえ、こうした様式化が、現在時との断絶を引き起こすことはまったくなかった。この半世紀〔十七世紀前半〕の人びとは、自分たちの夢を二重の理想に投影する。十七世紀前半の人間はそれぞれ、少なくとも一個の「英雄《ヒーロー》」あるいは「紳士《オネットム》」たらんとしていたし、大体は、同時にその両方であろうと願っていたのである。というのも、これら二つの名称は、やがてそれぞれに分化することになるとはいえ、

想像力の時代が持続するかぎり、両者ともに似通った美質を包含しているのだから。「オネットム」のほうが、多少なりとも「英雄」よりは社交的、弁舌さわやかで教養があるといった具合で、この点については、コルネイユが自覚的に、喜劇作品のなかで実に見事な典型的人物像を描いているとおりである。しかし、すでに『アストレ』(1)に描かれた羊飼いの恋人たちが、「貞潔な《オネット》」愛の神の徒たるゆえに、「オネットム」の系列に属している。他方、「英雄」は「オネットム」よりいっそう（つねにそうだというわけではないが）軍事的な領域に属する人物像で、したがって、歴史的典拠もきわめて古い時代にまでさかのぼる（ギリシア・ローマ神話、古典古代ギリシア・ローマ史、聖書の世界、中世騎士道物語）。だから、この「英雄」という想像上の典型的人物像は、「オネットム」よりもはるかに多く、すでに述べたあの「豊かな典拠」に依存しているものであることがわかる。このような場合、明らかに、その時代の社会構造と文学的想像力とは相互に影響を与え合っている。

（1）オノレ・デュルフェの牧歌小説（全五巻、一六〇七〜二八年刊行）。羊飼の娘アストレと羊飼セラドンの恋物語。宮廷風恋愛と、恋愛を美徳の源泉とするネオ・プラトニスムとの二つをともに描いて、十七世紀古典主義文学に大きな影響を与えた。

貴族階級（すなわち、「剣の」貴族(1)）は、断固として自分たちの優越意識を表明しているが、確かに彼らの優位性は現実のものである。貴族の立場からみれば、出自〔家柄〕の特権は、精神、身体、能力〔才能《ジャンティヨム》〕や資質に対しても適用される。世論の動向もこうした考えと同じ流れに沿って進む。つまり、貴族は破産したとしても、なお依然として貴族なのだ。芸術作品のなかで、「英雄」について語られるのを聞く者は誰しも、統率〔指揮（権）〕や権力といった寓意《アレゴリー》について考えはするが、それだけではない。同時代の階級制度のこと、つまり身分の、さらには世襲階級《カースト》の心性〔精神状態〕について思い浮かべるのだ。

近代の君主制では貴族階級の占める場は減少してはいるが、しかし廃止されてはいない。そのような動きはきわめて緩慢で、十七世紀には、想像力の領域に現実的な影響を及ぼすことはなかった。この想像力の領域が豊かにふくらむほど（それも、周囲の現実を反映して豊かになっただけではない）、「英雄」というこの例外的存在の「古代ローマ的」要素は、ルネサンス期以降、広く知られるようになった。ここに、肉体的勇敢さ、征服と統治の才、配下に及ぼす魅惑、「国家」への献身、工者の栄光への配慮といったものが、創意あふれる手立てに富んだ典拠となったのである。

（1）フランス貴族のうち、司法官僚が貴族に列せられた法服貴族（ノブレス・ド・ローブ）に対して、血筋によるとされる帯剣貴族（ノブレス・デペ）。

さらに、「英雄」というのは、こうした類型《タイプ》が達しうる頂点にあっては、ただ意志の勝利や栄光の輝き〔影響力〕を体現するだけにとどまらず、「賢人」を神格化する古代哲学――ストア哲学――から、一部その模範像《モデル》を引きだしている。だから、十七世紀の英雄精神には、前代の英雄の系譜から説明のつく――現実を観察するだけでは説明できない――自然さで、諦観《あきらめ》、自己放棄〔自己超越〕、情念の制御、運命に対する超然たる姿勢、といった精神の表出がみられるのである。ストア派哲学者の文学における人物像は、行動の人としてより、さらにそれ以上に弁論[1]＝論述《ディスクール》の人として、その威信を長期にわたって保ちつづけることになる。ここで、われわれはプッサンとセネカを思い起こす。これら二人のストア派は、軍隊の指揮をとることはなかったが、しかし二人の弁舌《パロル》（と絵筆）は、神託のごとき威厳を備えているのだ。

神託とは、なんの仲介もなく直に同意されるところにある。身振り、ついで眼差、さらには英雄の口から出た言葉といったものが、民衆を善〔幸福〕へと導くのだ。ここに見られるのは、まさしく名誉と徳に対する最善観《オプティミスム》で、これによってこそ、イエズス会の教育法に衝撃を受けた階層で、なぜ、とりわけ

英雄主義が隆盛をきわめたのか、納得できるのである。古代の英雄の磁力〔魅力〕は、これをキリスト教へと容易に移し換えることができるものだった（殉教者や聖人、最近の、つまり、とくに対抗〔反〕宗教改革期の聖人）。

この時代、英雄的精神は想像力が文学《エクリチュール》を産み出す母なる大地だった。こうした新たな英雄（作家）と民衆（読者）とのあいだに形づくられた共通の観点からすれば、いかなる文章表現上の技巧〔文彩・文飾〕も大胆な言いまわしも、決して行き過ぎということにはならない。このような事実を確認しても、「判断」（フランス語では、「趣味」と言われるようになるのだが）に関して前述したことが無効だというわけではない。「判断」が忘れ去られることはないのだ、とりわけ英雄が規律――君主の意志、国家理性、等々――に譲歩しなければならないときには。しかし、仮定としてなら（文学的虚構はいつでも仮定に基づくものだ）、すぐれた人物を現実の醜悪な紐帯《くびき》から解放し、歩むべき軌道（偉大な感情、権利の擁護、正義の戦い、伝道、等々）に乗せることができる。十七世紀前半のフランス文学は、おおむね、こうした仮定のうちにその身を置いているのである。

第二章　詩学、修辞学、散文

Ⅰ　詩学と修辞学

詩学と修辞学の分野で、アンリ四世の側近たちは十七世紀前半期の文学に二人の大家――フランソワ・ド・マレルブ（一五五五～一六二八年）とギヨーム・デュ・ヴェール――を送り出した。かつて、アンリ三世の面前で、ロンサールの追悼演説をしたことを忘れずにいたデュ・ペロン枢機卿（一五五六～一六一八年）は、マレルブやデュ・ヴェールと同じ政治的階層、同じフランス教会派に属し、二人の努力を支援した。それは、国民文学の継続性と、さらにその内容を深め刷新する必要性にむけての努力である。十六世紀末の過酷な世情が、フランスの国力を弱めるだけではなく、その言語や言説《ディスクール》の活力までも衰弱させた、と感じられていたのである。プレイヤッド派の模範も、ヴァロワ王朝のもとでブレーズ・ド・ヴィジュネールのような学識豊かな司法官僚が鍾愛した飾り立てた散文体の手本も、もはやそれで充分に事足れりというわけにはいかなくなったのだ。

デュ・ヴェールは、古代の雄弁家の典型的な弁論二つの翻訳を含む論考『フランスの雄弁について』（一五九五年）のなかで、空想的《ユートピア》でもあり、同時に現実的でもある自分の姿を描き出している。空想的というのは、絶対王政のもとで、古代共和制国家にみられた、偉大な政治的弁論が蘇えるだろう、と期待したからである。

しかし他方、現実的でもあったデュ・ベールは、荘重かつ力強い文体で書くためにはラテン語句の多用を警戒すること、様々な情念の検討に打ち込むこと、自分自身の言葉づかい〔語彙〕と文章の組み立て方《シンタックス》〔統辞法〕に気を配る——かつてキケロがそうしたように——ことを、フランスの作家に勧めている。言葉の彩よりは、作家の熱意のほうを高く評価するというのが、この高位にある法官デュ・ヴェールの綱領《プログラム》なのだ。

したがって、マレルブが長期にわたるエクサン＝プロヴァンス滞留ののち、一六〇五年、パリの宮廷に復帰し、デュ・ヴェールの周辺にいたとき、伝えられているように、マレルブは孤立していた、というのは正しくない。レニエ、ついでテオフィル〔四六頁参照〕がマレルブの教えに異議を唱えたにせよ、さらにはまた、モンテーニュの養女マリ・ドゥ・グールネ嬢〔一五六六～一六四五年、『影』一六二六年刊行〕が度しがたいほどおもしろみがない〔無味乾燥〕と判定を下した文章作法に反対しつづけていたにもせよ、マレルブは迅速に「宮廷《ロワイヤル》」詩人の座についたのである。

国家の偉大さは卓越した言葉の技法に反映され、またこの卓越した言葉の技法は詩の尊厳の条件である。マレルブの改革は、こうした単純な考え方に基づいて進められた。マレルブが述べたとされる、詩人の身分〔地位〕を「九柱戯の遊戯者」の身分にまで引き下ろした放言〔警句〕は、単なる忠告にすぎない。作家は魔術師を産み出す義務はないが、その分野で君主に仕える義務がある。ブルボン王朝の臣下が採りいれた「古代ローマ風」想像世界に鼓吹された領域は、「古代ギリシア風」でも、神話への回帰でもなく、ヴァロワ王朝期のように、「始源」崇拝に熱中していたわけでもない〔一五六一年以降、ジュール＝セザール・スカリジェール〔ユリウス・カエサル・スカリゲル〕[1]の『詩論』が、文芸批評をこうした「始源」尊重の傾向へと向かわせた）。言語表現の厳密さ、国家や君主を正当化する礼讃の格調の高さによって、詩人たるもの、国家統合という君主の仕事、君主の任務を助けることができる。

（1）ジュール＝セザール・スカリジェール、一四八四～一五五八年、イタリア出身の古典学者。近代におけるラテン文法および詩学研究の先駆者。ジョゼフ＝ジュスト・スカリジェール（原典批評（テクスト・クリティック）の方法を発展させた）の父。

ここから、二系列の指示が導き出される。まずは、明晰判明な言語《ラング》。この明晰判明な言語を練り上げるには、廷臣〔宮廷人〕はすべて――なお習得すべき多くのことがあるにしても――学識過剰でひどく論争好きな法官よりもずっと適した立場に位置している。戦争、実際的な統治の必要性、指揮命令の習慣といったものは、明快な文章構成法の源泉であると同時にその根拠でもあるのだ。語彙の標準化は、誰にでもわかるという意にそうものである。次に、旋律《メロディー》豊かで厳格な詩法に則った詩《ポエジー》。そのような詩が多く書かれることになれば、詩はいつまでも継続するに違いないし、ますます多くの人びとが、詩を自分たちに共有のものと認めるようになるだろう。そんなわけで、諸々の規則の厳格さ（豊かな押韻や句切れ、母音接続の忌避、詩節（ストローフ）の分け方、等々）、そしてこうした規則が急速に浸透したことがわかる。一六二五年頃、あとで詳述するが、アントワーヌ・ゴドー（一六〇五～七二年）やギヨーム・コルテ（一五九八～一六五九年）らの『イリュストル・ベルジェ』誌の周囲に、マレルブの言葉《ラング》と文体《ステイル》の「優美さ」に魅了された、若き「純正語法主義者《ピュリスト》」グループが形成されることになる。

II　アカデミー・フランセーズと諸規則

王立学会として創設され、同僚の学会員自身によって選ばれたアカデミー・フランセーズ終身会員の四〇人の作家、この「不滅の人びと《イモルテル》」の殿堂が後日さらされた苦難失墜も、十七世紀全般にわたる創意の大胆さ、アカデミーが果たした役割の有効性を覆い隠すことはできないだろう。ヴァランタン・コンラール（一六〇三〜七五年）の自邸で催されていた同好の士の集いが、リシュリューの意向を受けて（一六三五年）、言葉の優美洗練《エレガンス》と、どんな学問知識をも論じうるような言葉の「能力《キャパシテ》」とに留意することを条件に、国家の一組織に変わった。その活動計画《プログラム》が実現をみるのは、アカデミー定款〔規約〕にあらかじめ規定されていた事業内容（詩学、修辞学、文法学の教科書作成。実際に刊行されることになったのは、アカデミー版『辞典』のみ、一四七頁参照）が速やかに達成されたからではなく、実例と社交術（ゴドー、コルテ、シャプランらの演説や審議中の態度や振舞い。アカデミー入会演説、最初の入会演説は弁護士オリヴィエ・パトリュ（一六〇四〜八一年）。作家に対する書籍・印刷業者の紹介。『ル・シッド』論争の際の一度だけだったが〔『アカデミーの所管』〕、手荒すぎる干渉という遺憾な経験を回避するための間接的〔婉曲な〕意見表明）によるものだった。

アカデミー・フランセーズの会員は、言語や詩の規範を定めたわけではないが、言語や詩の分野で、マレルブの仕事を継続した。そして、アカデミー創設者のひとり、ジャン・シャプラン（一五九三〜一六七四年）が、リシュリューの信任を得て、次第にその影響力を及ぼすようになる。シャプランは、一六三〇年にはすでに、「二四時間〔一昼夜〕の規則」(1)をめぐってゴドーと公開討論を展開し、劇作家は雑多な観客の注意を引きつけておかなければならないため、この規則は、上演舞台《ルプレザンタシオン》の「真実らしさ」が、観客教育にとって有用なものであることを指摘している。演劇の領域では、こうした規則〔三単一の規則〕はかなりの速さで受け入れられるようになり（それでも、ためらうことなくというわけではなかった、とりわけコルネイユにあっては）、この「時、場所、行為の一致」の規則は、詩、そしてときに小説《ロマン》の分野にも及んだのである。始めは、古代ギリシア・ローマとイタリアを模範として、その詩学上の信念を基礎づけたシャプランは、フランスの文芸運動に引きつけられた。

（1）十七世紀フランス古典劇の中心原則。劇行為、場所、時（一昼夜を限度とする）の三要素の単一を原則とする作劇上の規則のひとつ。

アリストテレスおよびルネサンス期のアリストテレス注釈家の遺産である「真実らしさ」と「規則との一致」という原理原則を、十七世紀の考え方に引きつけすぎて、両者を混同すると、画一主義へと方向を転じてしまうおそれがある。シャプランとゲ・ド・バルザックは、往復書簡のなかでお互いに、文学の創造に際して占めるべき広大な場を、特別な才能〔霊感〕に、おおいなる魂の声に、与えることを認めている。シャプランの主張は、当時の作家が書いた作品の序文をみれば明らかなように、聞き入れられたのである。

シャプランと同じく一六三〇年以降、ゴドーは二編の決定的な批評作品を書きあげた。

そのひとつ、マレルブの『著作集』に対する序文で、ゴドーは先師マレルブよりもずっと明確に、とりわけ当意即妙の機知を交えて、正詩の規則を提示した。頌歌《オード》の構成法、韻律形式、そして破格の排斥といった規則はどれも、そうした規則を尊重しない、いささか逸脱した「才能」が「判断」力を押しのけることが見受けられるロンサールの古代好みと比べ、規則の尊重に熱心な当代の作家の優越性を示すものである。ゴドーは、マレルブの散文にこれと同じ性質を見出している。また、ゴドーは、一六三〇年のもうひとつ別のテクスト、友人の翻訳者のために書かれた一文で、マレルブにあっては、また新世代の作家には、古代ギリシア・ローマの偉大な作家の翻訳が――かつて、アミヨ[1]にとってそうだったように――フランス語の散文芸術を柔軟かつ豊かなものにする最も確実なやり方である、と強調している。アカデミーの内部で、コンラールがこの古代作家の翻訳という実践を奨励している（一六八三年に四人の作家によって訳された、『キケロの八つの弁論』）。

（1）ジャック・アミヨ、一五一三～九三年、フランスの人文主義者、ギリシア古典の翻訳家。プルタルコス『対比列伝』のフランス語訳はモンテーニュに影響をあたえた。

Ⅲ　エセー――思想的散文と芸術的散文

マレルブもまた、翻訳家だった（彼のティトゥス・リウィウス部分訳は、「学院（コレージュ）の趣味」を、「宮廷（ルーヴル）の趣味」に対抗させる言いまわしで始められている。とりわけ、マレルブによるセネカの翻訳）。マレルブはまた、書簡作家でもあった。ゴドーは、その序文で、マレルブの教化的な手紙、慰めの手紙、愛の手紙を、書簡文学の模範として提示している。主要なジャンルの散文は、「王室御用《ロワイヤル》」作家としてのマレルブの領分に属しているものなのだ。マレルブは、自分の庇護者である法官ジャック＝オーギュスト・ド・トゥ（一五五三～一六一七年）の『同時代史』が愛国心に貫かれて書きあげられたこと、そしてド・トゥがアンリ四世の栄光をたたえるために書いた『緒言』（一六〇四年）をラテン語からフランス語に翻訳させたことを知っていた。マレルブはまた、エティエンヌ・パキエ（一五二九～一六一五年）の『フランス考』（一五九六年以前に書かれたが、のちに大幅に手直しされた）が、詩人としてのマレルブ自身の作品が広めた「神にえらばれた君主」というあのイメージを描き出すのにどれほど役立ったか、自分としてもよくわかっていた。こうした流れの勢いに乗って、ストア派風、格言調の、セネカやタキトゥスに倣った、趣向に富んだ歴史や道徳論が書き上げられた。そのようなものとして、ピエール・シャロン（一五四一～一六〇三年）の論考『智慧について』（一六〇一～〇四年）や、ピエール・マテュー（一五六三～一六二一年）の『フランス史』（一六〇五年）および『ルイ十一世の歴史』（一六一〇年）などを挙げることができる。これらの作品は、アンリ三世の時代に書かれたものよりずっと力強い雄渾な文体と簡潔な言葉が用いられている。

この簡潔さには、無味乾燥と教訓調とに陥る危険もあったのだが、マレルブは――マレルブだけに限らず――このリスクを回避することができた。甘い愛の調べに熱中していた宮廷人の言葉に耳を傾けて、マレルブはある種の「甘美な」優雅さ《エレガンス》の様態を容認したのだ。さらに、信仰の文学も、全力を挙げて、貴族階級に属するその読者の心を惹きつけようとしたのだ。聖フランソワ・ド・サル（一五六七～一六二二年）の『信仰生活入門』（一六〇八年）、ついで『神愛論』（一六一六年）は、洗練された表現に富んだ傑出した作品である。これらの作品は自然界の美しさや動植物界の驚異を喚起するという重要な役割を果たした。そこには、わざとらしい甘ったるさといったものは少しもなく、人びとの魂があるがままの自己の魂に耐える手助けをする――あの優しさでもって――ことによって、キリスト教作家が惨めな人びと〔読者〕の魂に対して敬意を表していること、また魂の救済を得るためにそうした人びとを助けることへの確信が見出される。だが、多くの修道会士、とりわけイエズス会士に用いられた「描写の修辞学」（マルク・フュマロリ）については、必ずしもこれと同様に、というわけにはいかないだろう。コサン神父の『聖なる宮廷』（一六二四年）やル・モワーヌ神父の『風俗画集』（一六四一年）では、聖フランソワ・ド・サルの簡潔さが忘れられてしまっている。これらの作品には、大音声で叫びたてたり声を潜めて囁いたりする、情景描写、事物の羅列、過剰な細部といった手法、ビネ神父の『自然の驚異に関する試論』から伝授された手法が用いられている。

　教化（説教）文学の分野では、偉大な碩学カミュ司教（　頁参照）が『多様なるもの』（一六〇九～一八年）のなかで、コサン神父やル・モワーヌ神父らと同様、過剰な細部という手法を実践した。しかし、のちに、カミュ司教はこの手法を聖フランソワ・ド・サル的精神に従って用いている。マレルブから、いっそう多くの影響を受けたニコラ・コエフトー（一五七四～一六二三年）は、説教のなかで、さらにはまた著作──『殉教譜』（一六一五年）や『ローマ史』──のなかで、マレルブの節度（調和）という理想を採用している。いくらかはマレルブの場合と同様に、だが、それよりさらに著しく高い度合いで、慎みある文体と抑制された効果が、オラトリオ会士によって書かれたあらゆる霊的（信仰に関する）散文にみられる。『イエスの有様と偉大さについての考察』（一六二三年）の著者で、スペイン・カルメル会の盟友ピエール・ド・ベリュル（一五七五～一六二九年）は、世俗の弁論から棄て去られた尊厳に導かれるがままになっていたわけではない。ベリュルの「神への高揚」を鼓舞するのは、玄義《ミステール》、預言であり、聖書という手本《モデル》にほかならない。フランス語散文の歴史のなかで、信仰の言葉こそ、聖書という源泉から汲み取る最初のものなのだ。のちに、文芸批評が「崇高」という基本概念《カテゴリー》をフランス語に適応させることによって、世俗的部門《ジャンル》においてさえも、簡潔さと偉大さとを結び付けることができるようになったのである。

　この「崇高」という概念（聖アウグスティヌスによって再び復活したわけだが、最初は古代ギリシア・ローマの修辞学教師——ラテン人クゥインティリアヌスや「ロンギノス」という名で知られているギリシアの逸名作家[1]——から引用された概念)を、真剣に受けとめた最初のフランス人は、ジャン=ルイ・ゲ・ド・バルザック(一五九七〜一六五四年)である。バルザックは、晩年になって、完全な宗教作家となった(『キリスト教徒ソクラテス』、一六五二年)。つまり、初めは、バルザックがいささか不謹慎なまでに誇示した、言語《ラング》の栄光の全面的にマレルブ風な探求(『初期書簡集』一六二四年、『君主』一六三一年)は、聖職者(グリュー神父)や人文主義者(デュピュイ兄弟、デュ・ヴェールやド・トゥの後継者)の憤激を買うことになった。彼ら、神父や人文主義者は、バルザックの闊達な、感動で高ぶった語調に、よき修養に対する侮蔑を見出したと思い誤ったのだ。そうした博学の士の目には、マレルブから着想を得た『ファレ版について』(一六二七年)と呼ばれている書簡集で同時に発表された書簡作家としてのバルザックは、あまりに小さな主題に関心を寄せすぎているように見えたのである。そこで、バルザックは二つのことについて書いている。すなわち、モンテーニュもまた小さな主題を取り扱っているが、しかし見事なまでに飾ることなく率直に、というものである(バルザック以前には、このような反論を投げ返した、勇気ある散文作家はひとりもいなかった)。バルザックの第二の反論は、手紙というのは、キケロや聖パウロが立証したように、最も大きな主題をも論じうる、というものだった。

(1)ギボンは『ローマ帝国衰亡史』のなかで、前三世紀のギリシア系哲学者カシウス・ロンギノスを、この『崇高について』の作者に擬しているが、これは誤りで、一世紀のローマ帝国に居住していたギリシア人によって書かれたと思われる。このギリシア人作者の名は知られていない(小田実「ロンギノス」、『崇高について』、河合文化教育研究所、一九九九年)。

手紙とは二人の話し相手の対話の半分ということになるが、この身近な部門《ジャンル》は、自讃と誇張を許容しうるものだろうか。バルザックに反対する者は、伝統的な修辞学に根ざした異論を展開しているが、しかし「英雄的」精神の持ち主に対して礼を欠いた反論をしている。フランソワ・オジエ（一五九七〜一六七〇年頃）がその一部を執筆した重要な論集『ゲ・ド・バルザック氏のための弁明』（一六二七年）のなかで、この書簡作家バルザックは彼の読者とともに、「英雄」たちの同類とみなされるべきである、と主張している。というのも、バルザックによれば、書簡をかくことは、この小さなジャンルという制約のもとでも、君主制の時代には、古代ギリシア・ローマ人によって培われた「広場《フォーラム》の雄弁」に不可欠の代理人〔英雄〕——彼は、こう断言している——であったからだ。

一般に、バルザックはアカデミー・フランセーズと一体化していると思われている。シャプランがバルザックを称賛していることは、こうした見方を裏づけるものではあるが、しかしシャプランよりずっと若くして世に出たバルザックは、もっと大胆でもあり、また「規律正しい」というわけではない。バルザックは、批判的な検閲官に対抗して、『ル・シッド』を公然と擁護する。バルザックの見地からすれば、パリは重要ではあるが、しかし孤独を好み、隠棲した重要人物（「シャラント[1]の隠者」と呼ばれていた）バルザックは、パリの動きとは離れて自立的に、文芸の目利きとしてその指導力を発揮することができた。晩年になって刊行されたバルザックの著作——そのなかには、詩集や、際立って真摯なラテン語の『書簡集《エピストラエ》』が含まれる——に、こうしたバルザックの独立不羈の姿〔文学において、権威は外部にあるのではない〕が確認される。すなわち、滑稽な文体で書かれた諷刺物《パンフレ》『老いぼれ』（一六四七年）、政治論『アリスティポス、または宮廷について』（一六五八年）、とりわけまた五巻からなる『書簡集』（一六三六年、三七年、四七年、さらにシャプランならびにコナール宛のいっそう親密な気取りのない書簡）、そして二冊の「談論《ディスクール》」（『雑編』一六四四年、『対談集』一六五七年）などである。最もよく知られている全集版（『著作集』

全二巻、一六六五年）は、残念なことに、上記の出版物の年代が前後し、分類法に混乱がみられる。

（1）フランス西部アングーモワ地方の一部、現在のシャラント県（県庁所在地、アングレーム）。ゲ・ド・バルザックはアングレームに小貴族の子として生まれた。リシュリューの信頼を得られず、官途に就く望みを絶ち、一六三一年以降、シャラントの自領に引きこもり、生涯の大半をここで過ごした。

俗界を離れて隠棲した賢者バルザックは、同時代の人びととの人格的徳性《モラル》に関してどんな幻想も抱いていない。讃辞にことよせて、バルザックは高い身分の人びとに苦言を呈している。しかし、イエズス会の教え子たるバルザックにあっては、言葉《ヴェルブ》のもつ力（影響力、権威）に対する信頼と、フランス語そして統合されたすべての文芸部門がアウグストゥス[1]の「世紀」のラテン語と同じ水準に達するのを目の当たりにするという希望（期待）があった。当時、これは純然たる見通しにすぎなかった。バルザックと同時代の最も重要な二人の論者《エッセイスト》のうち、ひとりはこのヴィジョンをバルザックと共有し、もうひとりはこのヴィジョンを拒んだ。

（1）ローマ帝国初代皇帝（在位、前二七〜後一四年）。キケロがこの時代の代表的作家。

頑固なまでにこうしたヴィジョンを拒んでいた作家、フランソワ・ド・ラ・モット・ル・ヴァイエ（一五八八〜一六七〇年）は、「オラシウス・トゥベロ」という筆名で書かれた懐疑論的な対話集『古代人に倣った四編の対話』（一六三〇年）、ついで一六三六年から四七年にかけて、ひと続きの論考『談論集』あるいは『懐疑論集』（諸国民、異教徒、霊魂、歴史などについて）の著者である。これらの著作を、ラ・モット・ル・ヴァイエは多くの権威ある作家からの引用をちりばめて作り上げることで、再び聖職者流の教訓的な文体を取り戻している。ラ・モット・ル・ヴァイエは、斬新な論説『当代フランス雄弁考』（一六三八年）で、様々な典拠を融合したバルザック風ならびに「アカデミー・フランセーズ風」美学をはっきりと拒

否し、洗練され磨き抜かれた散文に到達しようとする美学を拒んだ。こうした洗練はある種の「礼儀」、つまり社交界の人士に対してなされた妥協にすぎない、と考えていたのだ。みずからの学識で武装した学者、ラ・モット・ル・ヴァイエは、自分の文章は退屈であってもやむをえない、それでよいのだ、と言っている。

ルネ・デカルト（一五九六～一六五〇年）の立場は、ラ・モット・ル・ヴァイエと正反対である。しかし、デカルトの姿勢は流行に迎合するためのものではなかった。というのも、フランス語による哲学の創始者デカルト（『方法叙説』一六三七年、『情念論』一六四九年、これらフランス語で書かれた二冊の著作のあいだに、『省察』と『哲学原理』が最初はラテン語で書かれ、しかしすぐに著者デカルト自身の監修でフランス語に翻訳された）は、平穏のうちに暮らすべく、その生涯の大半をオランダで過ごしたからである。デカルトは、友人かつ文通相手でもあるバルザックと、自己自身の信念によって結ばれている。百科全書風の、熱烈すぎる学識者たちとは反対に、デカルトは、言葉の平明さは思考を浅薄にするものではない、ということを明らかにした。というわけで、デカルトは敢えて当代のフランス語で、自分の知的軌跡を描き、形而上学をすべて明証性に基づいて築き上げたのである。明証性に辿り着くことは、個人的な冒険なのだ。旅人の歩み、建て直すべき建物といった、単純明快な隠喩《メタファー》を選択したことで、デカルトはマレルブの後継者のひとりに数えられる。さらにまた、デカルトが「私は《ジュ》」を頻繁に用いたことは、モンテーニュを想い起こさせるだけではなく、抽象的なところが少しもない理性論〔合理論〕を構築することになったのである。デカルトの「理性《レゾン》」とは「道理にかなっている〔正当である〕」ということであり、「偉大な書簡作家」バルザックがそうしたように、そしてコルネイユの「英雄たち」がそうするように、卓越した真実〔真理〕を持っているという穏やかな確信を人びとに伝えることだったのである。

第三章　会話体（パロル）の小説とバロック詩

I　小説（ロマン）

小説は、散文作品であるがゆえに、またしばしば作家自身が事実と思っている出来事の物語《レシ》を含んでいるから、あらゆる文芸部門のなかでも、比較的「真実らしさ」の規則に従っている。それとともに、起源は貴族的なものだが、しかし広く共有されていた感性は、『アマディス・デ・ガウラ』[1]のような騎士道物語、遍歴の騎士の宮廷風な興趣、彼らの騎士道精神を楽しんだのである。それゆえ、われわれは二つの系列の作品を検討することになるだろう。しかし、何よりも最初に（再）創始的作品として『アストレ』（四部作、一六〇七、一〇、一九、二七年）がある。

（1）『アマディス・デ・ガウラ』、一五〇八年、モンタルボによって刊行されたスペインの代表的な騎士道物語。セルバンテスの『ドン・キホーテ』に直接的影響を与えた。

オノレ・デュルフェ（一五六七〜一六二五年）がこの『アストレ』の著者なのだが、彼は一体どこの国民、どの時代の人だろうか。フォレ地方の人であると同時にサヴォワ公国の人、かつてのカトリック同盟員で、のちにブルボン王家に仕えている。彼はカトリックの対抗〔反〕宗教改革の闘士ではあったが、イタリアの人文主義、とりわけネオ・プラトン主義に深く影響されて、行動への好み、イエズス会的楽観

論に、「恋する羊飼い」の言葉が――イタリアやスペインで――部分的に蘇えらせた美に対する、あの神秘的な崇拝を結びつけたのである。『道徳書簡』（一五九八～一六〇八年）や牧歌詩『シレーヌ』（一六〇六年）に、オノレ・デュルフェのディアヌ・ド・シャトーモランとの恋愛結婚、そして二人の離別の反映が認められるように思われる。

『アストレ』は、アンチ『パンタグリュエル』〔ラブレーの『パンタグリュエル物語』に対抗・対立する作品〕とみなすことができるかもしれない。すなわち、両作品とも同じく、錯綜した記述法《エクリチュール》、登場人物のおびただしさ、豊かな哲学的意図がみられる。とはいえ、ラブレーが喜劇的《コミック》語調を採っているのに対して、デュルフェのほうは哀歌《エレジー》調という違いはある。ほぼ一世紀を隔て、またひとつの総和である小説にとって、喜びが衰退したわけではなく、幸福のイメージが個別〔個人〕化したのだ。『パンタグリュエル』には、多かれ少なかれ「福音主義的」理想郷《ユートピア》があり、このユートピアは「国家」を提示するものである。『アストレ』には、多かれ少なかれ「プラトン的」ユートピアがあり、このユートピアは個々人の心のなかに現われる。『アストレ』は、この世紀を通じて、偉大な魂を持った人びとの愛の聖書〔憧憬、犠牲、選ばれた言葉〕ともいうべきものとして、また心情〔愛情〕にかかわる事例を網羅した記録簿のようなものとして、読まれるほどになった。しかし、そうだからといって、外の世界が回避されているというわけではない。五世紀のガリア地域、荒らされた耕地、廃墟となった城館＝避難所がある。だが、ちょっとした奇蹟が起こって、ドゥルイド僧アダマスは、そしてとりわけ「愛の神」が、その信仰〔「真実の泉」などに対する崇拝〕によって、自分たちの土地を守り、人びとの心に和解をもたらす。これはおそらく、当時のフランスの情況を暗示するものだろう。

その多くは、筋立て《プロット》の糸〔繋がり〕である。打明け話、挿話、後戻り、並行して進むそれぞれ異なっ

た話といったものが、雄弁〔表現力〕の勝利として分析されているが、しかし、そうしたものは夢幻的機能を果たしているのであって、随所に嵌め込まれた手紙や詩もこの夢幻性を際立たせている。同様にまた、この作品の舞台背景〔リニョン川沿岸一帯〕、風俗習慣《ムルス》〔思いやりや節度のある生活態度、これはほとんど教育〔人間形成〕小説だ〕、さまざまな危難〔どれほどの言葉がなんと多くの幻影〔あやかし〕を包み隠していることか〕、そしてとりわけ英雄たちが、読者に夢を与えた〔憧れの対象となった〕のである。『アストレ』以後、もはや、田園世界での生活に適した隠れ家、閑暇、慈愛を想い起こすために、外国や古代の文学を迂回する必要はなくなった。いまや、フランス人はその模範《モデル》を自分たち自身の手にしているのだ。すなわち、厳しく、また「洗練された《プレシューズ》」アストレ、内気で高潔なセラドン、この二人を愚弄する無節操な男イラス、繊細で信義に厚いシルヴァンドル、その他にもまだ多くの典型的な登場人物……。

避けがたい混乱もあった。すなわち、牧歌的様式〔で書いた作家〕は大きな野心〔すべてをこの牧歌的様式に盛り込もうとする〕を示したが、それ以外の小説的《ロマネスク》表現形式〔を用いて書いた作家〕もこれによく対抗した。一方には「喜劇的《コミック》」物語があり、他方、「悲劇的《トラジック》」物語が、さほど物憂げ《メランコリック》でも内省的でもない言葉や、虚構《フィクション》とはきわめて対照的な写実的〔これは誤解を招きやすい用語ではあるが〕表現を当然のこととしてそのまま保持している。喜劇的と悲劇的という、この二つの精神的な水路は、実のところ、民衆のものでも学者のものでもない。これらの精神が描くのは、風変わりな登場人物や、波瀾に富んだ――とはいえ、その継続性に客観的な進展が重視されるような――出来事を取りあげた物語、また、さほど高尚ではない言葉を用いて、ということはフランス語の語彙全体〔俗語や卑語も含め〕をひっくるめて用いた物語なのである。フランソワ・ド・ロッセ〔一五七〇頃～一六一九年頃〕の『当代悲惨物語』〔一六一四年〕や、ジャン＝ピエール・カミュ司教〔一五八四～一六五二年〕の作品集――そのうちの二作品〔一六三〇年〕には、

『血まみれの闘技場』、『恐怖の光景』という表題がつけられている――には、あからさまな教化的意図がみられる。こんにちの読者は、これらの短編《ヌーヴェル》に、多少なりとも意識的な、ある種の加虐趣味《サディスム》を容易に見て取るだろうが、そうした解釈もありうるとはいえ、これらのヌーヴェル作家は何よりまず弁論家である、という確信を抱いているのだから、いささか時代錯誤的な解釈である。

多くの場合、スペイン風悪漢小説《ピカレスク》、冒険小説、詐欺師や放浪者の小説といった、「滑稽《コミック》」小説の作家も自己の力量を示そうと全力を挙げて描いたものだ。シャルル・ソレル（一五九九頃～一六七四年）の『フランシヨン滑稽物語』（一六二三および二六年）は、そこに燃えたつような自由奔放《リベルティナージュ》さの宣言を見て取るとすれば、過剰な解釈の対象ということになる。この、高潔な魂をもった、フランシヨンという貴族社会からの脱落者に対する社会教育と感情教育を通して、あらゆる国家機構〔国家官僚〕の悪徳〔悪行〕と悪癖について調査――これこそ、シャルル・ソレルが意図したことだ――することができたのである。それは、一六〇三年以来、バルクレー(1)の『ユーフォルミヨン』によって、またラネルやマレシャルといった三文文士たちが繰り返し取りあげて、知られるようになった「サテュロス劇風(2)」伝統を引いている。『フランシヨン滑稽物語』の価値が、サテュロス劇風な作品に見られる常套的人物像と切り離されているのは、ソレルのすばらしい文体のゆえである。すなわち、フランシヨンの夢、旅人たちの艶福、レーモンの家での乱痴気騒ぎ、学者ぶったオルタンシュース、その他、多くの挿話は、読む者に忘れがたい喚起力をもたらすことになる。ソレルは、自分が言葉と戯れていることを重々承知のうえで、もっぱら『アストレ』を揶揄するために『途方もない羊飼い』（一六二八年）を書いたのだ。

（1）ジャン・バルクレー〔ジョン・ハークレー〕、一五八二～一六二一年、スコットランド出身の作家。英仏両国で活躍、ローマで死去。反イエズス会の立場で、主としてラテン語で書いた。『ユーフォルミヨン』（一六〇二年）、『アルゲニス』（一六二一年）など、主著はフランス文学界に影響を与えた。
（2）サテュロスは、ギリシア神話中に酒神ディオニュソスの従者として登場する半獣神（ローマ神話ではファウヌスと同一視される）。陽気で野卑、酒色にふけり歌舞を好む。

一般に「英雄物語」と呼ばれている小説の場合、言葉は「滑稽小説」とは異なったかたちで用いられる。長編形式で書かれた華やかな作品群は、崇高な感情を広めることができる、という語り手の確信を強める。その主題は、往々にして、魔法や騎士の武勲に求められる（デュ・ヴェルディエやマルカスュスの作品のうちには、明らかに『アマディス・デ・ガウラ』伝承を換骨奪胎したもの――それぞれ一六二六年、二九年の作品――がある）。多くの場合、ギリシアのヘリオドロス（五四頁参照）や、タッソ（二三頁参照）のよく知られた叙事詩『解放されたイェルサレム』と結び付いたもので、そのテーマとしては擬似=歴史的なものが流行するようになった。つまり、時間的枠組みはかなり明確に、遥か彼方の威厳に満ちた文明期に設定されるが、しかし感情――とりわけ恋愛感情――のほうは、当代〔十七世紀〕のフランス貴族ときわめて近い、大貴族と貴婦人のものになっていたのである。

ジョルジュ・ド・スキュデリー（一六〇一～六七年）は、ほとんど即座に、このジャンル〔英雄物語〕に関する理論を作り上げた。このジャンルは、後世の作家のあいだでは、『アストレ』ほど長く活力をもち続けることはなかったが、しかし十七世紀末葉まで熱烈な支持者がいた。『イブラヒム』（一六四二年）の序文で、ジョルジュ・ド・スキュデリーは、作家が作品の題材や多くの知識を按配〔配置〕するに際して、叙事詩の手法を採りいれさえすれば、その小説は真実らしいものになる、と主張するに至った。これは、一六〇〇年から一〇年頃に、デ・ゼスキュトー[1]やネルヴェーズ[2]によって――すぐ流行遅れになってしまう、わざとらしい言葉で――書かれた一連の「変わることのない、忠実な恋物語」と袂を分かち、初期の雄大な冒険物語——たとえば、神話に想を得た物語（ゴンボーの『エンデュミオン』、一六二四年）、古代ローマ風物語（ド・デマレの『アリアヌ』、一六三二年）、古代ギリシア風物語（ラ・カルプルネードの『カッサンドラ』、一六四二年）、アフリカやアメリカを舞台にした物語（よく読まれた『ポレクサンドル』）、等々——の大当たりに貢献した。一六．九年から三七年（『ポレクサンドル』がほぼ決定版となる五巻本にまとめられた年）にかけて、コンベルヴィル（マラン・ル・ロワ・ド、一六〇〇頃～七四年）の『ポレクサンドル』は四種に及ぶ異版が刊行された。マドレーヌ・ド・スキュデリー(3)の作品こそ、『アストレ』ほど内面的なものではないが、次代の諸作品よりは波瀾に富んだ小説の典型である。

（1）ニコラ・デ・ゼスキュトー（生没年不詳）。十七世紀初頭に多くの恋物語を書いた小説家。
（2）アントワーヌ・ド・ネルヴェーズ、一五七〇年頃～一六二二年頃、アンリ四世、コンデ公に仕えた詩人、小説家。多くの奇抜な作品を書き、十七世紀末までは著名な作家として知られていた。
（3）マドレーヌ・ド・スキュデリー、一六〇七～一七〇一年、ジョルジュ・ド・スキュデリーの妹。長編小説『グランシリュス』、『クレリー』が代表作。大成功をおさめたが、独創性に乏しいとされている。

Ⅱ　軽妙な詩

寸鉄詩《エピグラム》、一四行詩《ソネ》、歌謡《シャンソン》といったクレマン・マロ風の諧謔の伝統が盛り返し、もうひとつの伝統、博識で重々しい想像力にふさわしい「風刺的」伝統が押しのけられてしまう。それでも、哀歌詩人テオフィル・ド・ヴィョー（後述）、人間観察者《モラリスト》マテュラン・レニエ（一五七三～一六一三年）、そして闘士アグリッパ・ドービニェ（一五五二～一六三〇年）らは、社会的偽善に対する確執の身振りや厳しい視線——

それはまた風刺詩のふたつの様式によって鋭く研ぎ澄まされるのだが——という点で、心ならずも、一致していたのである。淫らな「サテュロス」は、「悲劇的物語」風に、また過剰なまでの描写と人物像によって、醜悪さを激しく罵倒する（たとえば、例の『パルナス・サティリック』[1]——テオフィル・ド・ヴィヨーはこの詩選集に協力しすぎたとして非難された——に出てくる乱痴気騒ぎ、マテュラン・レニエにおける気味悪い宿やまずい食事、とりわけ『諷刺詩（サティール）』第十三歌（『マセットあるいは似非《えせ》信心家』）の信心家ぶった娼家の女主人マセット、新教徒（プロテスタント）の敵対者であれば誰でも一刀両断、激しく非難してやまない——アグリッパ・ドービニェの作中に見られる——堕落した君主や裁判屋）。哲学的、文学的な諷刺も同様で、ホラティウスの流れをくむ詩の潮流は、十六世紀のフランスには、ほとんど見るべきものがなかった。

（1）仲間をさそって、この卑猥な詩集を刊行したため、テオフィル・ド・ヴィヨーは死刑宣告（減刑により追放処分）を受けた。

十七世紀冒頭のホラティウス復活は、享楽を求める快楽主義的傾向ならびに会話を手本にして作られた詩作品の直感的性格を標榜する点で、「バロック的」特徴を示している。それは、イタリアでは「狂想《カプリッチオ》（気まぐれ）」と称されるもので、マテュラン・レニエ、テオフィル・ド・ヴィヨー、彼らよりあとにサン＝タマンがこれにのめり込んだものである。前の二人、マテュラン・レニエとテオフィル・ド・ヴィヨーは、マレルブの主張（二人には、独断的と思われた）に対する抗議に際して、諷刺の枠組にその照準を定めている。すなわち、一六〇八年の『諷刺詩』第九歌（『兎に』）、またテオフィル・ド・ヴィヨーにあっては、一六二〇年の『サティール第三歌』——のちに『ある貴婦人への哀歌』と改題された——である。「……ある貴婦人に」、というわけだ。つまり、短く軽妙な詩句は重厚さにまさるもので、おおいなる豊かさなどを無視し、突然の閃きや機知に富んだ表現を助長する考え方をこそ重視するのである。

諷刺詩《エピグラム》の大家は、フランソワ・メーナール（一五八二〜一六四六年）、また歌謡《シャンソン》とロンドー〔繰り返し句を伴った定型詩〕の巨匠は、ヴァンサン・ヴォワテュール（一五九七〜一六四八年）だが、二人とも、それぞれもう一方の分野にも際立った才能をもっていた。ヴァンサン・ヴォワテュールの背後に、ランブイエの館(1)――上流社交人士が自分も作家たらんとすることを発見する場――の存在が看取される。こうした上流社交人士がお抱えの文士に書き取らせる〔代筆させる〕のは、もしくは自分たち自身が急ぎ書き写すのは、それこそまさしく彼らの夢、束の間の茶番劇なのだ。短詩も、そして（かつては、もっと高い志の伝え手だった）ソネ〔一四行詩〕でさえも、次第に、気晴らしの具に陥ってしまうことになる。

（1）ランブイエ侯爵夫人がここにサロンを開き、よき趣味とフランス語の洗練に努めた。

サン＝タマン（マルク＝アントワーヌ・ジラール、一五九四〜一六六一年）は、戦争体験とともに異国への旅行によって培われた具体的な対象に対する情熱のゆえに、こうした滑稽な状況から離れてゆく。サン＝タマンは画家たちのもとを足繁く訪れ、画家たちに倣い、一六二九年の著作をかなりあけすけな、酒神バッカス讃歌風の手記（『冗談はさておき』）で締めくくっている。一六三一年および四三年の作品集では、あらゆる感覚＝官能が、とりわけ美食が、このチーズとメロンに目のない食通、サン＝タマンを熱狂させているようにみえる。しかし、想像力の「気まぐれ＝変転《カプリス》」（サン＝タマンがいくつもの作品の題名にしている語）というのは、サン＝タマンにあっては、きわめて感覚的なものであるだけではなく、なお文学的なものでもあるのだ。多様性の信奉者たるサン＝マタンはその作品を、瞑想的な調子の頌歌（成功を収めた処女作『孤独』）や「諷刺的」手法で描いた醜悪な反人物像《アンチ・ポートレート》で、しかしまた、愛らしい細密画のように入念に練り上げられた神話的叙事詩（『アリヨン』）で多彩なものにしている。サン＝タマンの屈託ない笑いは、戯画風の作品（『滑稽なローマ』、『アルビヨン』一六四三〜四四年）や諷刺詩（『最終文集』

一六五八年）に溢れ出ているが、その後の最も謹厳な作品（『救われしモーゼ』、『英雄的田園恋愛詩』一六五三年）にも、細部にわたってかなり感じ取ることができる。

Ⅲ　荘厳な詩

十七世紀の初頭、真の神をたたえるために、神々の言語たる詩は、ダヴィデの『詩編』――マレルブやメーナール、やや遅れてゴドー（一六四八年）らが敷衍する普遍的な抒情の規範――、あるいは、象徴やさらには秘法からなる古代の霊性と緊密に結ばれている。あの『悲愴曲』（一六一六年）の作者ドービニェは、最後の審判と受難の教会の玄義《ミステール》を前にして法悦状態に立ち至る。怖れと慄きという祈りの二つの様相が、そして双方の往々にしてざらついた表現が、ジャン・ド・ラ・セペド（一五四八～一六二三年頃）のうちに読み取れる。ソネ〔ソネット、一四行詩〕の形式で書かれたジャン・ド・ラ・セペドの『テオレーム』（一六一三、二一年）は、救済史全体を再編成している。宗教詩句は、すべての、ないしほとんどすべての詩人の作品に含まれているが、そうした詩人の詩作品にみられる超自然的なものの実在に対するすぐれた資質を備えたものとして、クロード・オピル（『愛への渇望』、一六二九年）とアルノー・ダンディイ（『スタンス』〔宗教的・哲学的な悲劇的叙事詩〕、一六四二年）、そして十字架の聖ヨハネの翻訳者（一六四一年）、シプリヤン神父が挙げられよう。

いうまでもなく、あらゆる詩型の讃歌――なかでも、マレルブによって再興された頌歌が、その最も権威ある伝達手段であるのだが――の届け先〔受取人〕は、国王とその閣僚や高官である。このことに不満を申し立てるのは時代錯誤というものだろう。というのも、こうした作品、おそらくは権力者に高く評価される讃歌という形の詩作品は、詩人のうちに、自己の仕事の意味《サンス》（方向づけ）とその使命に対する誇りを高めるという確実な利益を提示するからだ。マレルブは、「永遠に残る頌歌を産み出す」（「摂政のめでたき成果を祝して、王妃（マリ・ド・メディシス）に捧げる」オード、一六一〇年）天賦の才能があった。庇護に対する恩義に繋がれた、型どおりの格式ばったあの高揚した調子は、マレルブの弟子たち（メーナールやラカン）や後継者たち（シャプランやゴドー）、さらにはまた、もっと「独立不羈の」――とはいえ、やはり頌歌によって自分たちの支配者や庇護者をたたえなかったわけではない――詩人の詩的霊感を同じように支え励ましたのである。

一六二四年に獄中で書きおえた一〇編の頌歌集『シルヴィの家』によって、テオフィル・ド・ヴィヨー（一五九〇～一六二六年）は彼の庇護者モンモランシー公への讃辞と、囚われの生活のなかで強められた憂愁に向かう彼の性癖、彼を夢想へと駆り立てもし、慰撫してもくれる自然に対する愛とを、巧みに結びつけている。讃辞という枠組みが、この脆弱な、そして波瀾に富んだ生涯を送ったヴィヨーの詩作において、きわめて感動的な、独特の高揚した調べを抑えつけるようなことはない。ヴィヨーは、あらゆるものを書きうる練達の名手なのだ。たとえば、宮廷向けのバレエの台本、悲劇作品、私的な幸福を謳う詩作品（「暁」、「孤独」）、自己の苦悩の哀訴（「流謫の王に捧げる」オード、一六二〇年。獄舎から発せられた訴え「兄に寄せる書簡」）など。ヴィヨーを迫害した人びと（かのイエズス会士ガラス）が望んだのは、ヴィヨーの裁判を自由思想弾圧の範例にすることだったが、ヴィヨーの作品集（一六二一、二三年の全集、二五年の選集、三二年のスキュデリー版全集、等々）を前にして魅了された同時代の人びとの心を曇らせることは到底できるものではなかった。ヴィヨーの迫害者は、頌歌《オード》よりもさらに自由な（軽い詩のジャンルとされていた〕哀歌《エレジー》を、荘厳な詩のジャンルに高めた、あの響き〔声〕を沈黙させることはできなかったのである。

トリスタン・レルミット（一六〇〇頃～五五年）、この非常にすぐれたとはいえないまでもまずまずの劇作家（五七頁参照）の場合もまた、小身から――社交生活の狭量さになんら臆することなく（トリスタン・レルミットの多少とも自伝的な小説、『寵《ちょう》を失った小姓』一六四三年、を見よ）――大詩人となった第二の実例を示している。

彼が仕えた主人《パトロン》、ガストン・ドルレアン(1)の窮状のゆえに、トリスタン・レルミットの立身は容易なことではなかった。流浪の最中《さなか》、トリスタン・レルミットは『アカントの嘆き』（一六三三年）を刊行、これより一五年前に書かれたテオフィル・ド・ヴィヨーの初期詩編（「ふたりの恋人の遊歩場」）と同じように、夢想に溢れた、愛の不安を謳いあげている。詩節と押韻の細工師たるトリスタン・レルミットは、あたかもマレルブの徒のように、諧謔へと向かう全般的な流れに抵抗しているが、トリスタン・レルミットの孤独を好む感覚的嗜好や抒情詩人（『恋愛詩集』一六三八年、『七弦琴詩集』一六四一年、『英雄詩編』一六四八年）としての誇りが、他の誰に対してよりも強くトリスタン・レルミットに影響を及ぼしたイタリア人ジャンバッティスタ・マリーノから彼を解き放ったのである。

（1）ガストン・ドルレアン、一六〇八～一六六〇年、アンリ四世の第三子、ルイ十三世の弟。王弟ガストン・ドルレアンはリシュリュー、マザランに対して陰謀を企てたり、フロンドの乱に加担したりして各地を転々と渡り歩き、波瀾の生涯を送った。

まことに幸いなことに、どんな才能も抑えつけることなく、マレルブは、その高尚な嗜好と完璧な韻律法、旋律豊かな詩句によって、長期にわたって、高貴な詩そのものであった。「さて薔薇よ、彼女は薔薇の〔短い〕命を生きた」、「そして果実は、花々の約束を伝えよう」、等々。それぞれ、『デュ・ペリエ氏への慰め』（一五九九年頃）と『リムーザン地方へ行幸のアンリ大王のための祈り』（一六〇六年）から引かれた、これらのアレクサンドラン〔一二音節詩句〕、さらに他の多くの詩句が、一六二七年の『美麗詩集』でその頂点に達する一連の諸家詩選集によって、短時日のうちに流布することになる。この『美麗詩集』のなかで、マレルブの門弟たちは揃って師に随伴している。代表的な二人の高弟の名は、すでに挙げておいた。すなわち、フランソワ・メーナールとラカンとである。韻律法にことのほか秀でていたフランソワ・メーナールは、官職に失望し享楽の生を放擲する（「老いたる美女」や、隠棲を称揚した名高いオード「アルシップに寄せる」を含むメーナールの『作品集』は一六四六年に刊行された）。

ラカン（オノラ・ド・ビュエイユ、一五八九〜一六七〇年）は、メーナールより穏やかな気質の持ち主ではあったが、牧歌的霊感の優雅さに感応する、名門の貴族である。ラカンの世俗的な作品は、バレエのための詩句、ソネット、スタンス（最もよく知られたものとして、「ティルシスに」献呈された「隠棲のスタンス」）など、多岐にわたっている。一六一〇年代以降、ラカンはバルザックの文才に捧げられた、また不幸に見舞われた友人を慰めるために書かれたいくつかの荘重なオード、そしてとりわけ劇作『牧人詩劇』で隠退をたたえている。繊細で洗練されたこの田園詩劇はまた、報われることのない情熱＝恋心を打ち明ける機会を彼に与えた。

第四章　演劇への注目

　これまで述べてきたことからだけでも、舞台のために書かれたテクストこそ、この十七世紀という時代の栄光を表わすのに最もふさわしい文学形態である、と結論づけることができるだろう。フランス文学におけるシェークスピア時代だろうか？　スペイン黄金時代〔十六世紀〕の模倣、セルバンテスの戯曲『ヌマンシア』やロペ・デ・ベガ（一五六二〜三五年）のあまたの戯曲――『当今新戯曲作法』もまたベガによって書かれた――に魅惑されたのだろうか？　そうした模倣や魅惑だけであれば、この共時性はそれほど意義あるものではない。しかし、次の二つの事実を考慮するなら、それは意義深いものになりうるのである。まずは、ルネサンス期のイタリアが演劇のあらゆる種類の手本をもたらしたこと、そしてイタリアによって掻き立てられた諸国間の競争意識がフランス人にも――他の国々の人びとに対してと同様に――影響を及ぼすことになった、という事実がある。これに加えて、あらゆる国々の人びとが近世ラテン語による演劇――とりわけ学院の演劇、主としてイエズス会の学院で演じられたものだが、しかしそれだけが演劇の推進者だったというわけではない――をよく知っていた。そして、この近世ラテン語劇は、中都市にまで、各家庭の多数の人びとに、台詞まわしや筋立て、「当世風」舞台装置、つまりイタリアの人文主義者によって模写〔模倣〕され、当代の風俗習慣にいくらか（行き過ぎになることなく）適応された古典古代ローマ文化を提供したのである。こうした二つの事実を介することによって、十七世紀前半のヨーロッパの多様な演劇は、明らかに、ある程度の類似性を見せることになるのである。

上演については、いまでは知られていることだが、パリは決してその独占権を握っていたわけではない。地方劇団についての研究は、スカロン（一六一〇～六〇年、小説『滑稽物語』で旅まわり役者の一座を描いた）やテオフィル・ゴーチエ（一八一一～七二年）によって流布された旅まわり劇団の祝祭《カーニヴァル》的イメージには根拠がないことを明らかにした。地域の祭りに芝居を、大体において真面目な芝居を求めた地方の有力者は、穏健な興行主を相手にしていたし、また演目を決定するのは自分たちの役割だと考えていた。パリでは、二つの常打ち劇団（オテル・ド・ブルゴーニュ座とマレー座）が旅まわり一座であるのと同じように細々と設営されていたが、しかしこれらの劇団の役者たち（ベルローズ、モンドリー、そしてゴルティエ＝ガルギーユとテュリュプランの周辺にいた世紀初頭の笑劇（ファルス）役者）はやがて、劇作家にとって、尊重すべき協働者となるのである。

I　劇作品の全容

コルネイユの喜劇『舞台は夢』の最終場面で魔術師のアルカンドルが語るように、一六三〇年以降、「演劇は実入りのよい領地でありますぞ[1]」ということになる。それ以前は、ただ四人の脚本家が名を残したにすぎず、彼らの作品は、観客の好みが雑多であったのと同様に、多様なものである。その例外として、テオフィル・ド・ヴィヨーの唯一の劇作品『ピラムとティスベの悲恋』（一六二一年）が、沈滞した演劇界にあって、かなわぬ恋と誤解がその恋に流血の惨事をもたらす（心中に終る）というオウィディウス的主題を甦らせている。言葉遣いは明快で、演技は大仰ではあるが、なによりも抒情的である。筋立てはといえば、合唱部《コロス》が筋立てを遅滞させることなく、運命の力が容赦なく展開してゆくさまを見てとることができるようになっている。家庭内の場面ではいくらか滑稽さが見られるが、しかし三単一の規則は尊重されていて、作者ヴィヨーはこの拘束に苦しんだと告白している。

（1）井村順一訳『舞台は夢』第五幕（岩波文庫）、（一部、変更）。

この三単一の規則は、ルネサンスの継承者として、アントワーヌ・ド・モンクレティヤン（一五七五頃〜一六二一年）もアレクサンドル・アルディ（一五七二頃〜一六三二年）も従うのを受け容れなかった拘束だった。モンクレティヤン——プロテスタントの蜂起の際に殺害されることになる企業家で経済学者——の劇にはなお合唱隊と哀悼歌《デプロラシオン》が維持されており、それはとりわけ『スコットランド女王』（メアリー・ステュアートの悲惨な生涯を描いている）や聖書に題材をとった二作品（『ダビデ王』、『アマン』）（一六〇一年）にみられるところである。しかし、モンクレティヤンはマレルブの意見にもいささか耳を傾け（一五九六年作の『ソフォニスブ』を一六〇一年に改訂）、彼の最後の悲劇『エクトール』（一六〇四年）で英雄エクトールの振舞いに力動感を付与している。一方、アルディは強烈な個性の持ち主で、精彩に富み、激しさに満ちた戯曲を韻文形式で書いた。劇作六〇〇編に達するといわれている速筆のアルディだが、そのうち現存作は三三編しかわかっていない。さらに、ヘリオドロス（三世紀ギリシアの小説家）のよく知られた小説『アイティオピカ（テアゲネスとカリクレイア）』を典拠とする八巻の「劇詩」（ポエム・ドラマティック）（『テアゲーヌとカリクレ』）がある。これは彼の表現の幅の広さを物語るもので、現存作品（一六二四〜二八年刊、五巻）には田園劇（『アルフェ』）やロマネスクな悲喜劇（『リュクレース』）、あるいは古代に題材をとった

悲劇（『セダーズ』）が含まれている。バロック詩人で、「文芸の熱烈な仕事人」（J・シェレル）たるアルディは、激烈な出来事や舞台を血に染める凄惨な結末を追い求める。アルディの文体は卑俗などぎつさから比喩をふんだんに用いた誇張表現にまで行き着くが、しかし、アルディは教化しようと熱心に望み、くだくだしい哲学的な説明もしかつめらしい箴言も厭わない。

一六三〇年以前、ジャン・ド・シェランドル（一五八四〜一六三五年）が一六〇八年の自作『ティールとシドン』を一六二八年に改作したことによって、演劇への野心的展望がもたらされた。波瀾に富んではいるが時間は単一化され、凄惨な結末のこの悲劇を、プロテスタント軍の指揮官にしてアグリッパ・ドービニェの好敵手たる文人であるこの悲劇の作者シェランドルは、悲喜劇に改作したのである。こうして新たな形をとった戯曲『ティールとシドン』は、時間は分割され、長さも倍になり、二組の婚姻で終ることになる。さらに、ジャンルの混合を推奨するフランソワ・オジエ（一五九七頃〜六七〇年）による序文で飾られている。驚くべきことに、この改訂版では言葉遣いと語法が「マレルブ風」になっている。観客にとって、悲劇は高尚すぎるように思われるおそれがあったのだろう。「近代的」ジャンルとは、悲喜劇というジャンルなのだ。

一六三〇年とその直前に、演劇界の舵を取ったのは新しい世代であった。この世代の人びとこそ、悲喜劇を放棄することなく、歴史悲劇——何よりもまず古代ローマ史悲劇——がその外観にもかかわらず、他ジャンルの競争相手よりも想像力を掻きたて、英雄的理想主義を育むことができると認めるように、観客を導いたのである。コルネイユはこの新しいタイプの勇士たちのなかで最も輝かしい存在である。コルネイユだけではなかった。彼の同業仲間もまた、コルネイユと同様、全域にわたって重要な主題に努力を傾けたのである。

喜劇はさておき、またデュ・リエ（六〇頁参照、『アルシオネ』一六三七年、『サウル』一六四二年）とラ・カルプルネード（四五頁参照、『ミトリダートの死』一六三六年、『エセックス伯』一六三九年）は考慮にいれないとしても、コルネイユには少なくとも四人の強力なライヴァルがいた。すなわち、メレ、ロトルー、トリスタン、スキュデリーである。一六二四年から四一年のあいだに、ジャン・メレ（一六〇四〜八六年）によって一二の戯曲が書かれた。『ソフォニスブ』（一六三四年）が「悲劇の復活」（ジャック・モレル）にその名を残し、古代ローマ史に題材をとった戯曲（手ごわく危険なローマの王妃、その敵対者たちは王妃に対して武勇をふるうのを差し控える）のきわめてすぐれた一例であるにしても、この詩人ジャン・メレの着想は概して「近代的」なものである。田園詩的想像力がメレを衝き動かし、それはとりわけ一六二八年の『シルヴィ』（そこでは、叶わぬ恋の詩は明瞭にテオフィル・ド・ヴィヨー風な語調が認められるとはいえ、（『ピラムとティスベの悲恋』の）ティスベの数々の不幸はひとつとして見られない）と一六三一年の『シルヴァニール』（ここでは、筋立てはずっと緩やかに運び、言葉もはるかに洗練されている。前口上（プロローグ）は誠実な愛の寓意的人物によって述べられる）に顕著にみられるところである。これらの悲喜劇二作、さらに他のいくつかの作品は、優しく人里離れた自然の想起、神出鬼没の登場人物、魔法の離れ業といった魅力に包まれている。二番目の『シルヴァニール』で、作者メレは偶発的な出来事の多さと慣例や規則の遵守とのあいだにいかなる矛盾も感じていない。彼は、古代作家の引用を拠りどころにして、この作品の荘重な序文のなかで規則遵守を自負しているのである。

　ジャン・ロトルー（一六〇六〜五〇年）はつねに華やかな演技と言葉を好んだ。誰にもまして演劇人たるロトルーは、とりわけ悲喜劇に熱中した（刊行された三五編の戯曲のうち一七編が悲喜劇である）。狂気の激発や個我意識の様々な危機、変装や人違いが、彼の作品の多くを占めている。とくに、ロトルーの『迫

害されるロール』（一六三九年）は、ロペ・デ・ベガの同名の作品から翻案されたものだが、もとの作品より明快な展開を示し、また三単一の規則をより厳格に遵守している。事実、ロトルーは「悲劇の復活」にもまた関与している。一六三四年の『死にゆくエルキュール』や、神話を題材とするその他の悲劇は、伝説の厳格さに主人公の道徳的葛藤を加味している。そこでは、恐怖とはもはやアルディのそれ、つまり言葉によって示される恐怖ではなく、言葉が恐怖を制御するのである。この悲劇という文芸ジャンル――ロトルーは次第にこのジャンルに熟達していくのだが――の枠内で、並びたつ三編の傑作悲劇が書かれ、人目を惹く見せ場に欠けていない（一六四七年の『サン・ジュネ正伝』、これはひとりの役者によって演じられる回心のドラマである）というだけではなく、そこには、運命の過酷さを前にした――歴史に基づき、仔細に検討された――情動が認められる（『ヴァンセラス』一六四八年、『コスロエス』一六四九年）。

悲劇の進展とともに、登場人物たちが権力への野心、あるいは心の邪悪さによってよりも、次第に愛の情念にかられて自己を見失うようになることがわかる。こうした変遷はまさしく、トリスタン・レルミット（五〇頁参照）の作品に認められる。彼の悲劇『マリアンヌ』（一六三七年）におけるエロド王はいうまでもなく恐るべき暴君たちの血筋で、のちに悲劇『セネカの死』（一六四五年）ではネロの名をもって再び見出されることになる。とはいえ、トリスタン・レルミットは恐怖を抱かせるだけではなく、心の動揺から引き起こされる憐れみ――エロドやネロといった暴君の犠牲者たちの毅然とした勇気が憐れみを誘うように――をもたらすのだ。田園詩から発して、演劇における愛〔恋〕の想像界は真の悲劇的感情に目覚めたのである。

小説家ジョルジュ・ド・スキュデリー（四四頁参照）は、こうした軌道――やがてコルネイユが辿ることになる軌道――を踏査することはしない。スキュデリーは稀にしか（『セザールの死』一六三五年）悲

劇詩人ではなかったのだ。が、しかし、悲喜劇の断固とした信奉者（そして、「ル・シッド論争」の中心的論客）であり、情感に基づく舞台の効果の擁護者たるジョルジュ・ド・スキュデリーは、『抗いがたい恋』（一六三九年）に、政治と神意（摂理）に関する洞察の重要性、そして「思慮深い恋」の教訓の重要性をもたらすことができたのである。その辛辣な言葉遣いと、作品の主人公たちのきわめて簡潔な描写によって、ジョルジュ・ド・スキュデリーは、彼の親しい友人テオフィル・ド・ヴィヨーと同じような意味で、やはり「近代派」であることは間違いない。

三〇〇編ほどの印刷された戯曲作品のうち、ここで述べてきた数編の代表例からみて、高位にある人びとを登場人物とする、これらの作品は多かれ少なかれ悲壮な感じで演じられ、上演にあたっては、そこに気分転換や夢、そして感歎を求める広範な観客が存在した、という印象を受けることだろう。コルネイユはそうした観客を魅了することができるだろうが、しかし、コルネイユが声価を得たのは、まずは喜劇の分野においてだったのである。

II　喜劇の独創性――喜劇作家コルネイユ

笑劇は決して忘れられたわけではないが、しかし笑劇が出版されたのはタバラン(1)の『作品および奇想集』（一六二六年）が最初である。これは夫婦喧嘩の場面、粗野な客寄せ芝居、幸運をもたらす狡猾な策略、そしてポン・ヌフの野次馬や宮廷の貴族の情景を寄せ集めたものである。また、イタリアの喜劇役者も依然として王侯の好評を得ており、その身体表現の伝統を絶やすことなく保ちつづけていた。文学的な

喜劇については、事情は異なる。十六世紀に培われたこの人文主義的ジャンルは、激しい情念が尊重された十七世紀というこの時代には、おそらく、いささか卑俗なものと判断されて、この文学的な喜劇が復活するためには、これまで考察してきた一六三〇年世代を待たなければならなかったのである。

（1）タバラン（本名アントワーヌ・ジラール）、一五六八？～一六二六年、大道芸人。パリのポン・ヌフで薬売りの客寄せに寸劇を演じ、人気を集めた。十七世紀初頭の代表的な笑劇役者。

観客を構成する上流人士にとってはおそらく、卑俗な登場人物や日常生活のつましい行状（町人の結婚生活を含め）に関心を寄せるように求められることだけでも、それは過大な要求だと思われただろう。しかしながら、「高尚な喜劇」の規則とはこうしたものだったのであり、われわれフランス人はこのイタリアの古典的な形式を踏襲することになるのだが、しかしそこにロマネスクと敬意のたっぷりとした空想と礼節を盛って興趣を高めたのである。ロトルーを見てみよう。ロトルーは、ある悲喜劇（『美しきアルフレード』一六三九年）を書いているとき、幸福な結末がもたらす喜ばしい安堵感を強調すべく、自分は「喜劇」を作っているのだと述べている。しかし、『メネクム兄弟』や『ふたりのソジー』、そして『捕虜たち』（一六三六～四〇年）によって、ロトルーはとりわけプラウトゥス[1]の翻案者である。この古典ローマ期のすぐれた喜劇作家への傾倒は、ロトルー自身軽侮することがなかった笑劇に新たな文学的成長をもたらし、なおそれ以上のものがある。つまり、プラウトゥス喜劇の主人公たちはそれぞれ夢を抱いており、その舞台は、写実的外見の背後に偏執狂気の可能性能力、「夢想幻想」の詩情詩趣について考えさせることができるのだ。

（1）プラウトゥス、前二五四頃～前一八四、ローマ共和政期の喜劇作家。

そこには、デマレ・ド・サン＝ソルラン（一五九五～一六七六年）の『妄想家たち』（一六三七年）がまた提示する甘美なる狂気という感興霊感のすべてがある。

空想的《ロマネスク》なものは、ジャン・メレにおいて見事に表現されている。メレの『ドソンヌ公艶聞録』（一六三六年）は軽喜劇的《ヴォードヴィル》な場面と舞台空間の使い方の巧みさでよく知られているが、それにもまして、快楽主義的ではあるが、しかし女性の魅力を敬う主人公の麗しい物腰が光っている。とはいえ、田園劇風な筋書きと近親者に妨げられる恋というテーマは、控えめな写実的描写と相まって、最も広く流布する枠組みとなる（たとえば、デュ・リエの『シュレーヌの葡萄の取入れ』一六三六年）。本来の田園劇は、どちらかといえば、理想化された城主たちの田園での気晴らしを連想させるものだが、新しい喜劇は優雅さをそのままに維持しつつも、都市の人びと、より一般的な階層の人びとにわれわれを近づける。

全面的にこの一六三〇年世代に属しているコルネイユに立ち戻ることにしよう。驚くべきことに、コルネイユは何よりもまず喜劇で認められることを選び、一六四三年から四四年に至ってもなお、喜劇役者ジョドレの才能と「スペイン風」の新たな流行（九五頁参照）を摑み取って『嘘つき男』とその『続編〔続・嘘つき男〕』を書き、あらゆる種類の演劇に関する彼の卓越した技法をはっきりと示したのである。一六二九年から三四年に上演された（ただし、一六三三年から三七年になってようやく出版された）五編の喜劇は、若い上流人士を描いているが、しかし彼らはいずれも理想化されて描かれているのではない。五編のそれぞれの人物が、様々な組み合わせが企てられたのちに、芝居の大詰めになって消え去るようなことになったとしても、若い主人公たちが結婚によって幸福を見出すというところが肝要な点である。詩人コルネイユは友情や恋心の機微を繊細に描き出しているので、そこから排除される者も、必ずしも最も愚かしく、最も優しさに欠けているというわけではない。そこには諸々の犠牲的行為、拒絶や虚勢が見られる。登場する青年や娘は誇り高く、自分たちの高い身分に愛着を覚えてはいるが、しかしそれは彼らの資産状態ではなく、善良な優しさこそが彼らを美しくするのである。

『メリット』のティルシスは友人エラストの恋人メリットに恋焦がれ、エラストはその仕返しに、この美女メリットから第三の男フィランドルに宛てた偽手紙を捏造する。〔ティルシスは絶望し、友人リジスの家に閉じこもる。リジスはメリットを試すためティルシスが死んだと告げ、メリットは気絶する。エラストはメリットが死んだと思い狂気に陥るが〕しかし、エラストは正気を取り戻し、ティルシスに謝って赦される。はねつけられるのは第三の男、無節操な浮気男フィランドルである。『未亡人』では、誘拐犯が罰せられ、気転の利く乳母の計らいによって、他の四人の若者のあいだに調和が取り戻される。そうこうしているあいだに（一六三二年）、コルネイユは悲喜劇の流行に身を委ねるようになった。『クリタンドル』は独白《モノローグ》部の多さと波瀾に富んだ筋立てで異彩を放っている。

『クリタンドル』は二人の罪人と、そして騎士道精神に溢れた王侯によって解放されるひとりの無実の男の苦悩を描き出している。これに続く『法院の回廊』では、台詞はあまり陽気なものではなく、会話はより深刻な調子で恋の不思議さを克明に分析している。『侍女』における、貧しさゆえの過ちから独身のままでいる聡明な女性に託されたタイトルロール（題名〔『侍女』〕と同名の主役〔侍女〕）や『ロワイヤル広場』での利己主義者アリドールの不実に絶望した麗人アンジェリックの修道院入りは、厳格な様式への接近を立証するものである。こうした厳粛な響きは、大成功が待ち受けている劇作家コルネイユにふさわしいものだが、それでもやはり、「貴顕紳士方の会話を描写」すると、コルネイユははっきり述べているが、この上品な喜劇の花束のなかで、当今パリの逢引の場所は観客の暗黙の了解に委ねられている。

かなり前に、演劇のための宣言書『演劇の幻想』〔『舞台は夢』〕（一六三九年刊行、ただし上演は三七年から始まっている）を引き合いに出したが、この喜劇は二つの「劇中劇」を上演することで演劇を入れ子細工にした。というよりはむしろ、一方で笑い、他方で泣くためにつくられた、クランドールという役者の才能の二つの典型である。クランドール（いくつかの手がかりによって、フロリドールという実在の役者と同一視されている）は、その稼業が要求するところに従って、変身する。あるときは空威張りするほらふき隊長（名だたるマタモール[1]、きわめて華々しい役柄）の従者に、またあるときは姫君に仕える騎士に姿を変える。『演劇の幻想』という題名は、演劇が保持する幻想の力強さを引き立たせて、さらに、コルネイユは田園劇によく出てくる端役の魔術師を、いかなる者も抗えない進行役に変えることによって、その象徴的《サンボリスム》意義を強調している。この魔術師が住む洞窟にふさわしいのは、まさしく魔法のこの新たな形態なのだ。

（1）スペイン劇の登場人物、マタモロス（ムーア人——北西アフリカのイスラム教徒——殺し）に由来し、イタリア劇のコメディア・デラルテの道化役として知られるようになった。喜劇の典型的人物カピターノ（ほら吹きで空威張りする隊長）の名前のひとつ、他にフラカス、ロドモンといった名前でよばれる。

さまざまな性格や場所、観客の期待について徹底的に考えをめぐらすこと、詩人コルネイユはどんな意表をつく事態をも想像することができる。また、コルネイユにとって、滑稽味のある着想を復活するには、スペイン人アラルコン[1]の一編の喜劇（『疑わしき真実』）を一瞥すれば足りるだろう。しかし、コルネイユの「嘘つき男」ドラントは、フランス風に衣替えした貴族《カバレツロ》で、魅惑的な創意の化身である。おそらく、ドラントは策略のなかで身動きがとれず、その策略がドラントを余儀なくひとつの嘘にまた別の嘘を重ねるように強いるのであって、われわれはそこで芝居の筋の流れの一端を摑んでいるのだ。しかしドラントの冷笑的な振る舞いは、めまぐるしい言葉の駆け引きのなかで消えてしまい、作者コルネイユは自分が創造した人物ドラントを感歎するまでになる。「ドラントは自分の嘘を、あれほど臨機応変に、あれほど活発に振り撒くので、この欠点が彼の人柄のなかで好ましい魅力になってしまう」し、「観客に、こんな風に嘘をつける才能は間抜けな奴らにはとても真似のできない悪徳なのだ、ということを認めさせてしまう」と。

（1）ルイス＝デ＝アラルコン、一五八一頃〜一六三九年、スペイン黄金期の劇作家。コルネイユの『嘘つき男』は、アラルコンの喜劇『疑わしき真実』（一六三四年刊行）を翻案したものとされる。

ところで、ドラントはご婦人がたの美しさに熱狂する。この感情は嘘によって表現されるが、しかし真実で激しいものである。この感情が芝居の筋立てのもうひとつの流れであり、強いられたのではなくもない結婚で終ることになるのだが、「あちらもこちらもすべて平穏な」結婚で終り、コルネイユが言っているように、この点ではスペインの手本にならうのを拒んでいるのである。コルネイユの主人公は放蕩者ではないのだ。最初に若い娘たちの名前を取り違えたことが、滑稽な情況を生み出したとしても、ドラントは幸運な男になるために、この取り違えを利用しようとはしない。リュクレースは、ドラントがたたえることで創りあげた申し分のない完璧な女性であり、ドラントは最後にはリュクレースを愛することになる。滑稽さの最大の担い手は、ジョドレ[1]が演じたクリトンで、クリトンこそ『嘘つき男』と、それよりずっと感傷的で面白みに欠ける『続・嘘つき男』とを繋いでいる。ここでの会話の言まわしには、ときにコルネイユの初期の喜劇作品の言まわしが再び見出される。『嘘つき男』それ自体のなかで、人を煙にまく長台詞の陽気なおどけや従者が若い主人に与える剽軽《ひょうきん》な教訓は決して品のなさをもたらすことはない。初期の喜劇作品の場合と同様に、いまでもパリ風な優雅さが前面に出ており、首都に暮らす喜びが、パリの街の壮麗な建造物と相俟って、全面的な歓喜に寄与している。

（1）一六〇〇頃〜六〇年、古典喜劇の従者の典型を創始した喜劇役者。コルネイユ、スカロン、モリエールなどの喜劇で従者役を好演、人気を得た。

Ⅲ　コルネイユと悲劇

一六六四年以降、悲劇詩人として自己の役割を思い定めたピエール・コルネイユ（一六〇六〜八四年）は、もはやそこから離れることはない。われわれはこの先（　頁参照）ラシーヌとの対抗の時期に立ち戻ることになるだろうが、しかしここで思い起こしておくべきは、この輝かしい劇作家がルーアンの慎ましい司法官であって、一六六二年までこの地に住み、一家の善良で敬虔な父親として暮らし、教育を授けてくれたイエズス会士たちに対する感謝の念を持ちつづけていたことである。同業の劇作家と比べてみれば、コルネイユは有力な庇護者の手にその身を委ねようとはしなかった。ということはつまり、コルネイユはみずからの演劇的直感と観客の反応を頼みにしていたのである（一六五二年、『ペルタリット』の失敗〔不入り〕が原因で、以後七年にわたり劇作に関しては沈黙したとされるほどまでに）。コルネイユは体験することに情熱を燃やしていたが、しかし読むことにもまた熱中した。理論家としての彼の知識は、コルネイユを十七世紀の主要な批評家のひとりにしたが、歴史家としての彼の探求の幅の広さにはまったく驚かされる。コルネイユは詩的総体としての悲劇を、つまり貴族階級のロマネスク〔空想的〕な側面に対する彼の若々しい共感やセネカの伝統（格言調のテクストと、ぞっとするような恐怖にみちたスペクタクル）に対する法律家としての彼の好みと、歴史への傾倒（この点については、コルネイユは自分の教師と同時にモンテーニュ、とりわけプルタルコスの読者であるモンテーニュに多くを負っている）との収斂の場としての悲劇を書いた。「コルネイユ的英雄主義」と呼ばれているのは、これら三つの傾向を織り交ぜたものである。どの作品にも、この三傾向のいずれかひとつが純粋な姿で見出されることはない。一六三五年から五二年にわたるコルネイユの作品群を検討するために、年代的に最初のものではなくても、まずはより「英雄的な」源泉から取りかかることにしよう。

1　英雄たちとその試煉

あるひとりの人間にのしかかるふたつの崇高な義務のあいだに生じる葛藤は、よく「コルネイユ的情況」と呼ばれている。ロドリーグとシメーヌ（『ル・シッド』一六三七年）、オラース（『オラース』一六四〇年）、オーギュスト（アウグストゥス帝）とエミリー（『シンナ』一六四一年）のきわめて崇高な威信は、何よりもまずこの点に由来する。彼らは、自分たちが魂の奥底まで引き裂かれていることを、気高く感動的な言葉遣いで語ることができるし、また彼らの身近な（個人的な）義務（婚約、結婚、父性など）は、それより広大な義務（家門の名誉、軍務、救国、信仰上の誓約など）とは相容れないことを語る術《すべ》を心得ている。コルネイユは決して抽象的な人間ではない。コルネイユにその登場人物の鋳型を提供しているのは、「デカルト流の高邁な人物」ではないのだ。

コルネイユは私的感情も、初期の喜劇作品のいくつかを貫いてみられる、あの優しさも覆い隠したりはしていない。そして、演劇人としてのコルネイユの妙技は、筋の組み合わせや不意打ちから情念そのものを噴出させるところにある。すなわち、孤児（決闘で父を恋人ロドリーグに殺された）シメーヌのもとへ殺人者ロドリーグの訪問、若きオラースの「逃亡」という虚報、アウグストゥス帝の退位の意向、ローマ貴族セヴェールの異国アルメニアへの不意の到着などである。

真の英雄主義は、したがって、最も正当な感情に対する勝利のうちにあるのだが、その勝利とは人間を再び立ち直らせる〔再生させる〕勝利なのである。この再生は、情動をかき立て、死の危機の間際まで近づいて、血を吐くような苦しみで魂を責めたてるほどなので、たとえ主役たち（ロドリーグ、オラース、シンナ）が死に到らないものであってさえ、これらの作品はまさしく悲劇なのである。「スタンス」（アレクサンドラン〔十二音綴詩句〕以外の詩節、孤独な内面の打ち明けにふさわしい詩節。ロドリーグ、ポリュークト）、ためらいの独白（アウグストゥス帝の懲罰か赦免か）、まったく失われた希望についての対話（オラースと敵方の代表戦士となった義弟キュリアス〔オラースの妻はキュリアスの妹、キュリアスの婚約者カミーユはオラースの妹〕）、隔行対話《スティコミティ》〔古代ギリシア劇で、二人の登場人物が一行ずつの詩で交互に対話する形式〕、その他にも多くの手法で、崇高さを表現することができる。しかし、死の縁《ふち》で詩的な美しさが光り輝くこの崇高さとは、熱狂的に反応する――これは、とりわけ『ル・シッド』と、ゲ・ド・バルザックによれば『シンナ』の場合だったが――以外の態度を観客に許さない。

こうした崇高さは、もしコルネイユがこの崇高さに、他の何にも況して恋愛の姿をまとわせるという慎重な配慮をしなかったとすれば、一六四〇年の観客には崇高さを感じ取ることが難しかっただろう。カミーユやエミリーのような人物が憎しみに取りつかれたとき、彼女たちは、恋ゆえに、邪悪な表情を示すのである。われわれはそのことを、別の系列の作品群のなかに見出すことになる。若い盛りの「明るい」作品群について言えば、コルネイユにあって、恋愛は、それが小説的冗漫さに陥らない限り、幸福の獲得や生きることへの欲望と分離することはない。しかし、このような恋愛は、コルネイユ的英雄にとって、ときに『アストレ』やコルネイユ以前の劇作家の何人かが恋愛を設定した場所に、つねに位置づけられている。すなわち、偉大な魂を持った人びとが相互に抱く、密やかな、隔意のない感謝の念のうちに。それは、彼らの胸の高まりを理性的に考える英雄たちではなく、そうではなくて、プラトン的寓話に従って、自分たちに欠けていたみずからのあの半身を一目ですぐに再び取り戻す英雄たちである。これらの偉大な将軍や国家元首は、実際に、芸術家の恋に生きている。彼らの恋は感傷的なものではなく、美の探求なのだ。そして、みずからを一般民衆から区別するものとして、彼らが誇る「栄光」は、一方で、彼らの徳の輝きと後世に伝える彼らの確信を指し示す。しかし他方、この栄光は完璧な恋人という彼らの美点を指し示している。

2　叡智と憤激

こうして、コルネイユは、伝統的悲劇にしばしば見られる矛盾を、コロスによって伝えられる哲学的謙虚さの教えと、主人公が受ける、もしくは主人公が引き起こす残虐な苦しみ（アルディはまだ、残虐な場面を舞台上で見せていた）との矛盾を、ほとんどただちに乗り越えてしまった。実は、コルネイユは恐怖の演劇（『メデ』一六三五年）で、その悲劇作家としての経歴を開始したのだが、彼はまたつねに箴言や碑銘句《ヴェール・メダイユ》から採られた格言風の文体で書き、それが主人公たちに神託めいた言葉遣いを与えているようにみえる。事実、どんな悲劇も人間を運命に対立させるが、この驚嘆すべき恋の詩人コルネイユはまさしく、この悲劇というジャンルの要求するところを深く掘り下げることによって、「より男性的な」情念（野心、復讐、暴政の悦楽）を描き出すことに全力を尽くすようになったのである。『ポンペの死』（一六四三年）、『ロドギューヌ』（一六四四年）、『テオドール』（一六四五年）、『エラクリュス』（一六四七年）において、また『ペルタリット』（一六五一年）においてさえ、場面の残酷さは、権威や権力の保持者の高潔さで償われてはいない。そこは、恐ろしい脅迫と憎むべき恐喝が行なわれている純粋な暴力の世界なのである。

おそらく、セザール〔カエサル〕は政敵ポンペ〔ポンペイウス〕を片付けた陰謀を喜んではいないが、しかし、犠牲者ポンペの寡婦コルネリ〔コルネリア〕の不吉な予言の形で、打ちつづく内乱の不幸がセザールを責めたてる。また、おそらく、アンティオキュスとセレウキュスにしても、彼らは義務として、ロドギューヌに敬意を抱きつづけ、苦難のなかで団結したままでいるのだが、しかし、彼らふたりは憤怒に燃える彼らの母親〔女王クレオパートル〕、彼らの母親の手のうちにあって、絶対専制主義の享楽にあまりに毒されているので、母の死にもかかわらず、自分たちの無垢な純真さを取り戻すことはできないだろう。こうした悪の誇示に、ほとんどメロドラマ的な場面が付け加わる。かくまわれた子供たち、最後に明かされる新事実、長きにわたって保持された（アンティオキュスとセレウキュスのあいだの）長子権の秘密。邪悪さは、主役たちの血管のなかに滑り込んでいるのと同じく、これらの悲劇の筋にも忍び込んでいる。それはルール違反ではない。大コルネイユは、逆説を弄しているわけではない。彼はギリシア人とギリシア神話を思い起こしているのだ。そして、セネカがそうしたように、ギリシア人やギリシア神話の教えに倣って、コルネイユは、不幸の絶頂とはどんなものであるのかに気がついたのである。偶然の不幸には、罪の不幸が加わるはずなのだ。

確かなことだが、この種のタイプの作品群においては、「栄光」が徳を輝かせている作品群よりも、道徳との関係がいっそう尖鋭な問題を提起する。しかし、この関係は「悲劇的な歴史物語」やその他、悲劇的な結末の、とはいえ教訓的なところもある暗黒〔恐怖〕小説において生じる関係と異なるものではない。おおいなる罪は、感歎の反作用を引き起こす。感歎しながらも、観客は悪につけこまれるがままになることはない。そうではなく、観客は惨劇のうちに悪が事《こと》を起こすのを見るので、悪に対抗して奮い立つのである。観客がさらに強硬になるとすれば、それは——演劇の特権である——筋立ての魔力によるものである。この魔力をよく心得ていたコルネイユは、犯罪者の行動の動機を道徳規準にすることにも躊躇しない（エジプト王やシリヤ王のマキャベリ流の権謀にたけた助言者）。何であれ、ひとつの基準は、暴虐への勧めとしてでさえ、道徳的影響力を保持しているのだ。それは、おぞましいほどのものであっても人間の振る舞いを、誰しも役立てることができる一般的な人間学の水準へと移し換える。

3　英雄と歴史

コルネイユが『ポンペの死』以降、一六三七年から四二年にかけてよりもいっそう複雑な人物像や筋立てを作りあげたのは、小手先だけの巧妙な技法によるものではない。権力の手口、王朝の打算、王位継承をめぐる紛争といったことが、ジョルジュ・クートン（『コルネイユ』一九八五年）いうところの「政治悲劇」に没頭するほどまでに、コルネイユの心に取りついて離れない。歴史は、『ル・シッド』において、叙事詩とでも言うことができるものに還元された。単なる回復（取り戻し）段階である。ついで、それは最も普遍的な意味でとらえられた歴史になった。一六四〇年から四二年の悲劇作品（『オラース』、『シンナ』、『ポリュークト』）中にみられる、古代ローマの覇権をめぐる三つの局面である。これらの三面図から始めて、詩人コルネイユは劇作家としての経歴の残りすべてを費やして、いっそう複雑な立場へと移っていく。たとえ他の様々な解釈が受け容れられるものであるとしても、思うに根本的な動機を強調しなければならない。それはつまり、この学識豊かなキリスト教徒コルネイユにあっては、神が歴史を統御して、神の摂理が事件や情念の細部にまで介入する、という強烈な信念である。コルネイユの同時代人が抱いていた、神の摂理というキリスト教的観念と充分に両立しうるストア哲学の残響は、コルネイユ（新たなプルタルコス）が歴史の不条理性そのものを引き裂くのを助けることができた。

少なくとも、ありそうもないことが真実である必要があった。つまり、歴史家から保証される必要があった、ということである。史実に加えられる改竄《かいざん》は、明確な作劇法上の理由によって正当化される。これが、それぞれの作品の序文や（一六六〇年版の）『自作検討〔吟味〕』の役割である。これらの試論は、演劇のすぐれた実践家コルネイユにとって、純然たる理論家の異論に対して、いくらか尊大に反駁する好機である。しかしまた、ときおり、コルネイユはこれらの試論のなかで、偉大な観念に対する彼の熱狂を露わに示してもいる。たとえば、『ニコメード』（一六五一年）で、コルネイユが浮き彫りにしたかったのは、古代ローマの属州総督《プロコンスル》といまだなお独立を保っている小公国との対決に加えて、古代ローマ帝国主義の全機構《システム》なのである。寓意《アレゴリー》の闘いだろうか。かつては、こうした過度に醒めた目で、コルネイユを読むことができた。実際は、オウィディウスに基づく神話から作られ、オペラの舞台のために書かれた『アンドロメード』（一六五〇年）においてさえ、登場人物たちは恋によって個性を与えられ、魅惑的な対話のなかで描かれている。

詩人コルネイユは、あるひとつの主張を打ち出すことに決して満足していない。極端な事例が『アラゴン王子ドン・サンシュ』（一六五〇年）の場合で、十七世紀の人びとはそこに現状への暗示（有能な成上り者の豪奢な恋愛沙汰）を見出した、と思い込んだのである。現状は何よりもまず「英雄的喜劇」、つまり死よりはむしろ堕落の危険を冒し、他に抜きんでて敵意に満ちた嘲弄を競い合う新しいジャンルの合成物ではないだろうか。この英雄ドン・サンシュは和解を引き出し、王妃の愛がこの和解を認可する。したがって、コルネイユ流の政治は、一六六〇年以降、押しなべていっそう暗いものになるのだが——

想像力の栄光の時代が続く限り——歴史的素材の多彩な色調を、その拠りどころにしている。極悪非道の怪物的な英雄と崇高な英雄、悲観主義と楽観主義が、いかなる傾向も本当には独占することのないこの悲劇作品のなかで互いに均衡を保っている。

第二部　趣味の時代——一六二四〜一六七五年まで

第五章　十七世紀と文学趣味

一六二一年にはもう、マルレブが「ルーヴル宮の趣味」について語っていた。また、想像力の支配と良き趣味による節度ある幸福との均衡を計るために、シャプランの批評が影響力を及ぼしつづけることはもはやなかったし、学識豊かな創意と高潔な英雄的精神が、文学場面から完全に去ってしまうようなこともなかった。しかし、宰相マザランの政権成立（一七四三年に始まる）とともに、そしてフロンドの乱（一六四八年〜五二年）の失敗ののち、学者たちは遠ざけられ、武人たちは威信を失って、宮廷は以前よりも空想的な場ではなくなった。精神の産物は節度を示すようになった。こうした全般的な変遷のただなかにあって、興味深いことに、文芸にはなんら急激な変革がなかったことが認められる。これについては理解できる。というのはつまり、この穏やかな推移を調整したのは、リシュリューの政権期（一六二四年〜四二年）を通じて、文学に範を示してきた、その同じ人びと、同じ批評的言語を武器とする人びとであるからだ。世の動向が「想像力の時代」から「趣味の時代」へと移ったことに、コルネイユはおそらく気がつかなかった。しかし、シャプランのような人はこれを予感していたし、シャプランがランブイエの館へ足繁く通ったことがその予感を助けたのである。

ランブイエ侯爵夫人カトリーヌ・ド・ヴィヴォンヌ（一五八八〜一六六五年）は、ほぼ三〇年にわたって、少なくともヴォワテュール（一五九七〜一六四八年）の死まで、その時代の精神界に君臨した。この

貴婦人（ローマの名門貴族の家柄）と葡萄酒卸売商の息子との気取りのない結びつきは、宮廷社会にあって、貴族の偏見が薄れたというわけではないにしても、しかし繊細さという美質によってこれに拮抗しうることを充分に示している。それはまた、王弟ガストン・ドルレアンの側近のあいだで、あるエセー『宮廷紳士《オネットム》』（ニコラ・ファレ著、一六三〇年）が、紳士たる者を、社交術と優雅さ《エレガンス》だけでなく、優美でさわやかな弁舌と良き読書によって定義づけた時期でもあった。ヴォワテュールは、その機敏な応答、魅力的な言葉遣い、詩と書簡（生前には刊行されることなく、選ばれた交友サークルの貴重な宝ものにとどまった。『作品集』の出版は死後の一六四九年）にみられる諧謔によって、社交界を描く作家の典型である。ヴォワテュールはまた、競争相手のゲ・ド・バルザックを前にして、彼をおしなべて仰々しく荘重な書簡作家、「凡庸な文体」の最大の代表例と思わせるよう努めている。

ヴォワテュールの芸術に関するこうした見方は、サロンの諸作品をキケロの『書簡集』、対話編のジャンルでは古典古代の最もすぐれた名作に近づけているが、同時代文学に鋭い眼力を備えた観察者ポール・ペリソン（一六二四〜九三年）にその多くを負っている（『アカデミー・フランセーズの歴史を含む見聞録』一六五二年）。この批評家ペリソンはまた、ヴォワテュールの滑稽な戯曲《ビュルレスク》（まくりあげられたスカート、といった淫らな暗示、また、貴婦人の靴への讃辞を呈するろくでなし）や、あまりに早くこの世を去った、とはいえ「女性たちとの優雅な社交《ギャラントリー》」の才に恵まれた友人（サラザン作品集への『序文』、一六五七年）の作品を、愉しげに紹介している。ギャラントリーとは、「何だかわからないもの」で、ヴォワテュールもペリッソンの恋人スキュデリー嬢（九一頁参照）も言っているように、あらゆる慎み深い優雅さの縮約《レジュメ》なのだ。この女流作家の著作は、彼女のサロンの会話に呼応しており、そこでは対話形式で、礼節《オネットテ》の定義を、ファレのものより繊細に練り上げられていた。

したがって、これらの遊戯はどれも、軽薄なところは少しもない。ランブイエ館のサロン仲間とともに、ヴォワテュールは戦死者に涙を流し、戦勝を――とりわけ、このサロンのお気に入り、コンデ公の勝利――を褒めたたえている（「鯉《こい》から魣《かます》への手紙」と呼ばれている「ライン渡河についての手紙」一六四三年）。文学生活が好戦的雰囲気に包まれる。これはもうひとつの戦いである（フリュティエールの『雄弁の王国に生じた最近の悶着をめぐる寓意的な小説』一六五八年）。あるいは、ひとつの探検である（寓意的な地図の流行）。これらの地図のうちで最もよく知られているものが、「サフォ」（これはスキュデリー嬢の筆名）の客たちによって発見された麗しい感情の、想像上の王国を描いた「愛の国の地図〔恋愛地図〕」である。

ロマネスク〔小説的・空想的なもの〕が、実生活への適用から消え去ることはなかった。英雄精神もまた消滅しなかった（レ〔レス〕枢機卿によれば、フロンドの乱の闘士は、『アストレ』の挿話を再体験していると確信していた）。サロンでは、貴族や政府高官（たとえば、財務卿フーケ。フーケは一六六一年の失脚までスキュデリー兄妹の庇護者だった）が、そのような憧れは良き趣味と両立することを、作家から学んでいる。一六二五年以降、ヴォワテュールの手紙は、彼と文通する貴族の激しく燃え立つ空想を、穏やかな憂愁のほうへ誘導している。ランブイエ館のもうひとりの常連、クロード・ファーヴル・ド・ヴォージュラの――アカデミー会員が文法や語彙についてしばしば参照する――『フランス語に関する注意書き』（一六四七年）は、教育的傾向を避けて、上流社会の「良き慣用」を調査するという形をとっている。「すぐれた著作家たちの同意」（したがって、今後、彼らは判定機関になるわけだ）を得て、「宮廷の最も健全な部分」（これはキケロ的概念だが、ヴォージュラはそうは言っていない）の言葉遣いが規範とされる。今や、趣味は、教養のある読者と、同時代を生きる著作家との努力の結合として定義される。これはフランス文学の未来にとって決定的な新しい事実である。

ヴォワテュール（「カール〔car〕〔接続詞「……なので」〕」という語を擁護するために書かれた手紙」）と同様に、ヴォージュラも、言葉や感情の微妙なニュアンスについて精密な議論に加わる宮廷人を目にしたのだ。この点に立ち戻ることにしよう。言葉に関しては、滑稽文学《ビュルレスク》〔高尚な主題と卑俗な表現の不協和から生じる滑稽な味わいをねらった文学様式〕を歓迎して受け容れたか、反対して排斥したかで、その読者の言語能力が判定される。言語の使用域を混ぜ合わせ、したがって意表をつく思いがけない喜びをもたらすことは、十六世紀に、詩人クレマン・マロが卓越した技法で駆使した微妙な反語的文飾である。ヴォワテュールは、微笑を浮かべながら、こうした「諧謔」の模倣を見事にやり遂げ、騎士道や古フランス語のいくつかの用語を、再び流行《はや》らせたのである。ポール・スカロン（一六一〇～六〇年）も、自邸に集う仲間の貴顕たちを愉しませるために、軽妙なビュルレスクを再び採りあげた（『ビュルレスク詩集』一六四三年）。主として口頭で伝えられる、こうした言葉との戯れは、もっと長い作品のなかでは、過剰で粗雑なものに見えるほど型にはまったものになってしまった。サン＝タマンは、その「英雄的＝喜劇的」作風で、海軍の勝利の物語（『ジブラルタル通過』一六三七年）を冗談で満たすことができた。だが、真面目な主題を嘲笑的に扱うやり方は、政治論争（スカロン『マザリナード〔マザラン批判文書〕』一六五一年）や、あるいは『戯作ヴェルギリウス』（スカロン、一六四八年）に倣って増えつづける古典古代の叙事詩のパロディーに適用されると、同じ繰返しになってしまう。スキュデリー嬢やゲ・ド・バルザックといった趣味の代表者は、そのころ、刺激的なすぐれた技巧であることをやめたものを排斥するようになる。一六七四年には、ボワローの『詩学』によって、明確な断罪が下される。

もうひとつのすぐれた技法、これは区分〔分析〕と気品への偏愛で、度の過ぎた隠喩を用いた言葉を濫用して（モリエールの『才女気取り』一六五九年、で戯画化されている）、女性の品位の主張と、感情を解剖

〔分析〕する才能を混同しているので、「プレシオジテ〔社交界に見られる言葉や態度に関して極度の洗練を求める傾向〕」と呼ぶのはいささか軽率である。

巧みに進められたこうした心理的な激化は、上流社交界の最も偉大な作家〔第七章、参照〕――ラ・ロシュフーコーやラファイエット夫人、さらにモリエールさえも――を、「プレシュー〔洗練された表現を求めた才子、才女〕」と呼んでも差し支えないとすることになるだろう。そして、モリエールはスキュデリー嬢に劣らず、心情と知性に関して、女性の名誉を擁護した。まさしくサロンで、つまり才気ある女性の権威のもとで、「愛情問題」をあれこれ論究し、それぞれの情動の陰影《ニュアンス》を吟味しようとする努力がなされたのである。プレシオジテという概念を忘れて、世間における女性の優位という概念を採用することができる。ヴォージュラは、サロンの女性の話し方のなかに、よき慣用を見出していた。ドミニク・ブーウールが、一六七二年に、それは「自然な言葉遣い」であることを明らかにした〔『アリストとウージェーヌとの対話』〕。

一方で礼節〔誠実さ〕についての、他方で自然についてのブーウールの新たな見方によって、この時期の趣味が見えてくる。こうした主題は、パスカルの心をとらえた〔ラフュマ版『パンセ』六四七と六七五、「彼は誠実な人〔オネットム〕であるといわれるようでなければならない。この普遍的な性質だけが、私には好ましい」、「自然な文体を見ると、人はおおいに驚嘆し、心を奪われる。なぜなら、ひとりの著者を見ることを期待していたところに、ひとりの人間を見出すからである」〕。パスカル以外の主要な理論家は、シュヴァリエ・ド・メレ〔一六〇七～八四年〕とサン゠テヴルモン〔一六一四～一七〇三年〕である。サン゠テヴルモンに関しては、公刊された彼の作品が多く世に広まるようになるのは一六八四年以降のことだが、よく知られている初期の小品〔一六六四年、六八年の選集〕によって、ある程度の快楽主義が高潔〔有徳〕というよりはむしろいくぶんか社交的な、高邁〔寛大〕というよりはいくらか利己的なオネットムのタイプを広めはじめていた、と考えることができる。とはいえ、優雅さはなお彼の主要な留意点として残され、とりわけ、あらゆる気取り――「プレシュー」に反するもの――の拒絶ということが留意されている。気取りに対する闘い、それこそまさにメレ（『会話』一六六八年、『論説（ディスクール）〔好もしさ、精神、会話について〕』七一年）が「適確さ」と呼んでいるものである。メレの見解では、高貴な芸術は、想像力の獲得物として理解された自然の模倣のうちにも、取るに足りない分野の仕事に対してあまりに多くの関心を注ぐことのなかにも、ありはしないのだ。セヴィニェ夫人が驚いたことには、メレは、ヴォワテュールがその点で誤っている、と考えていた。メレ自身、そしてブーウールは、自然さを、飾り気のない外見〔様子〕として、ラ・フォンテーヌやボワローが「優美《グラース》」と呼んでいるものとして定義づけている。

ブーウールとメレは、それぞれ、「才気《エスプリ》」にあてられた一編の試論を書いている（ブーウールにあっては、『才人』）。そこから、魂のあの力強さは、その比類のない源泉を、知恵〔知識・学問〕と摂理からだけではなく会話からも引き出す、ということになる。社交界の交流の影響力に対する、この驚くべき途方もない信頼、女性の権限と、権威を女性と分け合う男性作家とのあいだの礼節の交換〔協力関係〕は、新しい時代の標識〔特徴〕、来るべき後世の人びとが「フランス精神」と呼ぶことになるものの前触れである。しかしながら、これからの半世紀間、権威の分割が注目されることになるだろう。一六七五年以降、「古代派」呼ばわりされる人びとは、この分割を不均衡だと判断するようになる。知識は会話に王座を譲ってしまっていたかもしれないのだ。いずれにせよ、一六五〇年を過ぎると、たっぷりした明かりが舞台を照らすことはもうなくなり〔演劇に注目が集まらなくなり〕、しばしば、さほどの反響を呼ばない作品《テクスト》が最も高く評価されるようになる。

「凡庸な文体」に話を戻そう。普遍的なものと通俗的なもの、厳粛なものと陽気なものを混ぜ合わせること。これが、ラ・フォンテーヌの認めるところによれば、ある一世代全体の文学的野心だった。こうして、「フランス古典主義」を定義する、最も恣意的でない仕方――非時間的な考察によってではなく、直接、関わりのある批評の歴史によって――に到達したのである。ある観点から見れば、われわれの教育法とわれわれの国民的記憶との、こうした巧みな共存《キメラ》は、確かに存在したのだ。率直に認めなければならないが、古典主義は、主義主張との関連よりも趣味との関連が深いところに位置づけられるので、次章で指摘するように、最も色合いの異なる多様な作品群を包含することができるのである。

第六章　厳粛なジャンル

趣味の帝国〔支配〕のもとで、キリスト教的弁舌や崇高な詩は、第八章で論じることになる悲劇と同様に、どうにか命脈を保つことができた。こうした厳格な表現形態は、会話の支配力にかなりよく抵抗した。キリスト教関係の書籍の刊行点数は、多大なものである。繊細な文彩は、しばしば、とりわけパスカルの作品において社交界の学識ある人びとを惹きつけた。それでも、後世の人びとが単に文学と呼ぶようになる文学の愉しみという枠内で、これらの厳粛なジャンルは次第に心地のよいものではなくなり、いずれにしても、「才気《エスプリ》」が想像力と混ぜ合わされていた頃よりも気詰まりなものになることが認められる。オネットムはさほど敬神の念にあついというわけではなく、サロンに集う人は、軽佻浮薄すぎた。このような疑惑は、例外的な場合にしか、はっきりと表明されたことはなかった。しかし、そうした疑惑が、聖職者の厳格主義の一翼を担うジャンセニストの考えを占めていた。ボシュエやパスカルがこうしたことを見せてくれているし、その間、キリスト教詩人が、十七世紀冒頭からすぐに生じた崇高な形式主義《フォルマリスム》を用いて、名誉挽回を企てる。演劇の題目に、危機感が溢れでる。全面的なモリエールの成功やラシーヌの飛躍的発展のさなか、信心家は様々な活動〔『タルチュフ』に対する策謀〕や文書〔ピエール・ニコル『想像の異端』と『妄想の人』一六六四～六七年、コンティ大公『演劇論』一六六七年〕によって、強く抗議した。それは「教会〔内部〕の平和」〔プロテスタントに対抗するため、カトリック教会内部の論争を避け、ジャンセニスムをめぐる危機にさいしてフランス教会の一致を望んだ教皇クレメンス九世によって、一六六八年から翌年にかけて成立した和約〕の時期だった。キリスト教勢力は結束して、不道徳一般と、輝かしくはあるが、不徳義なルイ十四世の「若き宮廷」の〔まぎれもなく現実の〕不道徳に対して闘った。これらジャンセニストの著作家は、あらゆる仮構《フィクション》、とりわけ「描く」べき仮構によって、魂の喪失を告発する。劇作家は悪しき情念にこの魂を委ね、魂の破滅を引き起こす情動に喜びを見出すように仕向けているのだ、と。

I　キリスト教的弁舌

こうした論議にもかかわらず、峻厳な著作家は読まれる〔読者を得る〕ことを望んでいる。だから、彼らはよき趣味に従う。ピエール・ニコル〔一六二五〜九五年〕は、その『道徳論』〔四巻、一六七〇〜七八年〕で、多様性という原理を取り入れ、分析の模範《モデル》となる彼の読者を、社交界人士に提供した。一六六〇年から六一年に、「ポール・ロワイヤルの」と呼ばれている『文法』と『論理学』[1]〔のちに、増補されて多く版を重ねた〕は、著者の仕事場〔ポール・ロワイヤル修道院〕に、学識ある人のフランス語に関して長期にわたって優越的位置を与えた。ここに、最初の「カルテジアンたち〔デカルト派〕」がいる。合理主義者である彼らは、読者に、明晰さと明証性をすぐれた判断基準として重んじるようにさせた。彼らはパスカルの仲間だったが、しかしパスカルは彼らを凌駕し、その活発な才気と科学的天才、そして祈りの強さによって、群を抜いていた。

（1）『ポール・ロワイヤル（の）文法』（『一般・理性文法』）は、アントワーヌ・アルノーとクロード・ランスロによって、『ポール・ロワイヤル（の）論理学』はアルノーとニコルによって、ポール・ロワイヤル附属の学校教育のために書かれた。

アントワーヌ・アルノー（一六一二～九四年）に率いられたポール・ロワイヤルの一団によって準備されたものではあるが、ブレーズ・パスカル（一六二三～六二年）が書きあげた『田舎の友への手紙（『プロヴァンシャル』）』（一六五六～五七年）は、ジャンセニストに対して向けられたイエズス会の卑劣な攻撃（憤激の語調）と、同じイエズス会が伝統的なキリスト教道徳を気楽で人を惹きつけるものにするためにつけ付け加えた奇妙な解釈（「滑稽な」語調）を、世論の前に、告発するために差し出された、ひと続きの一八通にのぼる架空の手紙である。その「滑稽な《コミック》」箇所（最初の一〇通の手紙）では、作者パスカルが書簡体技法を思わせる、くだけた文体を用い、また、通信相手の「田舎の友」に自分が見出したものを説明する率直な調査員の姿をとっている。最後の八通の手紙で、パスカルは論争家としての顔を包み隠さず、彼自身がそのすぐれた技量の持ち主である社交界的嘲弄を神聖な嘲弄に変えようとする目的で、権威ある預言者の口調で闘っている。

この驚くべき挿話は、そのテーマを考えてみても、ゲ・ド・バルザックやヴォワテュールの『書簡集』よりもさらに長期にわたって文学に持続的影響を与えた。それはまた、『パンセ』（一六七〇年のポール・ロワイヤル版のあと、引き続いてブランシュヴィック版〔B版〕、ラフュマ版〔L版〕、セリエ版、現在ではジャン・メナール版）の文体と企図をも説明する。『パンセ』という作品は、簡潔典雅な文体表現の傑作である。その断章形式は偶然（『パンセ』完成前の突発的な、パスカルの死）によってではなく、いくつもの『断想《パンセ》』（七八頁参照）や『田舎の友への手紙』と同時期に書かれた小論『説得術について』ではっきり述べられている（「私はこれらの誇張した言葉を憎む」）ように、「修辞《レトリック》」上の選択によるものである。パスカルは、比喩的文飾も、推論の過程を際立たせ、論拠を積み重ねていく論法の重苦しさも、拒否する。彼は一連の直感によって、読者がすでに知っている「よき物事」を更新するがゆえに、喜びをもたらす暗示〔引喩〕によって、読者を説得しようとしたのである。

　現代においてもなお、『パンセ』は強くわれわれの心を摑んで離さない書物であり続けている。この信仰あつい作家パスカルの「心」が、神の叡智を、信徒の幸福を、とりわけまた、よく知られている「三つの秩序」の断章〔L版三〇八、B版七九三〕中とその前の断章〔L版三〇七、B版七六四〕で人間としてのイエス・キリストを思い起こすとき、こんにちの信者たちの「心」に語りかけているのである。こうした高揚した文章の一節――同様にまた、しばしばこれと並んでみられる、柔軟な方法――以前に、パスカルはすぐれた護教論者として、キリスト教信仰を擁護し、信仰への導入（とりわけ、「リベルタン〔自由思想＝無信仰〕」の読者のために。パスカルの友人シュヴァリエ・ド・メレはほとんど信仰を抱いていなかった）を準備していた。風刺的な辛辣な筆致で、パスカルは人間の本性の欠陥（自愛、不正、欺瞞的想像力、等々）を際立たせる。また、相つぐ包囲の動きによって、まだなおモンテーニュにかなり似ているくだりに、燃えるような一節を積み重ねる。ある箇所は論法の力強さで（「賭《かけ》」の論証〔L版四一八、B版二三三〕、他の箇所はその崇高な内容（「考える葦」のイマージュ〔L版二〇〇、B版三四七〕、「二つの無限」の断章〔L版一九九、B版七二〕から、強い印象を与える。さらにいっそう直接に祭式〔祭儀〕と結びついている、ジャック＝ベニーニュ・ボシュエ（一六二七～一七〇四年）のキリスト教的弁舌は、社交界風の様式からは離れているが、しかし、同じ読者を対象としている。祭式者〔メッスの司祭〕、ついで（一六六九年から）司教〔コンドン、モーの司教〕として、またアカデミー・フランセーズ会員として、ボシュエの権威は、彼の前任者たち、すなわちフランス〔ガリカン〕教会派の人びとに支持されたレトリック〔修辞法、弁論術〕

と、福音書に、そして付随的には彼の師ヴァンサン・ド・ポールに、由来する飾りけのない簡潔な雄弁術とのあいだで選択すべきことを、ボシュエに迫った。心からのアウグスティヌス信奉者で、簡潔さの支持者だったボシュエの選択は、『聖パウロの頌詞』(一六五七年)ですでに明らかにされている。しかし、どうすれば人の心を打つことができるのだろうか。その答えは、ガリカン教会の聖フランソワ・ド・サルの伝統のうちにある。『聖フランソワ・ド・サルの頌詞』(一六六二年)のなかで、ボシュエは、「熱は光よりもずっと前に入る」(すでにパスカル、その前にゲ・ド・バルザックに受け容れられていたロンギノスの教訓)と言明している。ボシュエの説教——往々にして、きわめて厳格で、たびたび聴きにくる宮廷人には決して好意的ではない——はすべて、この熱を浸透させることを目指している。

十八世紀に印刷されて以来、われわれにとって古典となったボシュエの『説教集』は、当時の人びとにとっては、口頭で語られるものとしてしか、存在しなかった。『説教集』は、説教が行なわれた場所によって分類されている。最もよく知られている「四旬節の説教」は、一六六二年の「ルーヴル宮の四旬節説教」で、これには「死」、「野心」、「悪しき富者」についての説教が含まれている。ボシュエはここで、一六六〇年から六九年にかけて行なわれた他の八回の全「説教」の場合と同様に、聖書の短い一節から、人間の条件〔実態〕の投影図、というよりはむしろ絵画を、そして彼の聴衆のために、救済の願いと約束をきわめて明確な表現で描き出している。

したがって、非常に抑制の効いたこれらのテクスト群には、限られた部分にしか高揚した情熱的な調子はみられない。この世の言葉は祭壇の秘蹟を凌ぐことはできないのだ(「神の言葉についての説教」一六六一年)。さらにいっそう際立って荘厳なものは、同時代に印刷された『追悼演説集』(一六七〇年から八七年に、主要な六編が印刷された)である。これらの追悼演説には、故人(アンリエット・ダングルテール王弟妃、コンデ公）であれ、親しい友人（アンヌ・ド・ゴンザーグ、ル・ティエ）であれ、この演説者ボシュエと彼らとの関係が呼び起こす多くの個人的な感情に、これとは別の種類——つまり直接的な歴史へかかわり——の感動が加わっている。ボシュエは、最も悲劇的な情況から抜け出て、偉大な人物となる彼の英雄たちを目にしようと注視している、この時代の挑戦に応じている。したがって、叙事詩的な歌が、演説者ボシュエにとっては、不可避の通過点だったロクロワ〔コンデ公のスペイン軍に対する戦勝地〕、クロムウェル、フロンドの乱の思い出に、生彩を与えることになる。こうして書き進められるボシュエの筆は、ついで、最も感動的な、とりわけ彼が真に愛していた王弟妃《マダム》（アンリエット・ダングルテール）に関して、聖書風の高揚した文体に到達する。

文体論的には、ボシュエの残りの作品に対しても、これと同じ分析を適用することができる。そうした著作は、王太子《ドーフアン》の教育係としてのボシュエの職務から（『世界史論』一六八一年、『聖書の真の言葉に基づく政治学』没後刊行〔一七〇九年〕）、あるいはまた司教としての責務——つまり教導の務め（『カトリック教会の教義論述』一六七一年、『プロテスタント教会分派史』一六八八年）や教化の務め（『玄義〔神秘〕への高揚』や『福音書に関する瞑想』は聖典の本質を洗練されたやり方で表現している）——から、生み出されたものである。おそらく、著者ボシュエは作家として評価されることを拒否していたようだが、それでもやはり、ボシュエは、「アカデミー・フランセーズ入会演説」（一六七一年）で、「確実さがもたらす完璧の域に達した」——ボシュエはこう述べているのだが——かに見える社交界の言葉への信頼を表明している。

Ⅱ　崇高な詩

この分野ではなお、他分野の場合よりも、趣味の台頭が陰りを見せるに至っていない。マレルブの詩の二側面――その荘重さと礼節――は、公的な詩や宗教詩のために、あらゆる方途を準備し、次の十八世紀がそれを受け取ることになる。

されば、彼につき従って歩め、彼の純真さを愛せよ
はたまた、彼の巧みな技の、明快さに倣え

ボワローの忠告（『詩法』Ⅰ－一四二）は、幾世代もの詩人に課せられる確認事項でもある。ボワローにとって、趣味の時代はまた信仰の時代でもあるので、ゴドー（『キリスト教詩集』一六五四年、六〇～六三年）以後、頌詞〔讃歌〕と祈祷が韻律法や作詩法の正確さへの要求に束縛されているとは感じていなかったのは、意外なことではない（一六六〇年のラカン『最終詩集』、ブレブフ『孤独な対話』）。それどころか、ゴンベルヴィルは、『キリスト教詩および雑編集成』を編纂して、ジャン・ド・ラ・フォンテーヌや若きロメニー・ド・ブリエンヌに指針を与えながら、作家としての生涯を全《まつと》うしている。これらの六〇年にわたる崇高な詩の集成の冒頭に、慈悲の詩句が輝いている。

この同じ『集成』に、絶賛の辞を添えて、マレルブの王権主義的な詩の主要なものが掲載されている。

そして、もちろん、マレルブが敷いた高貴な軌跡に沿って、リシュリューとルイ十三世の賛辞献呈者たち（シャプラン、ゴドー）、ついでマザラン（ジルベール）と若きルイ十四世（カサーニュ、ペロー、初期のラシーヌ、コルネイユさえも）賛美者たちが歩みを進めることになる。二〇年ほどのちに（一六七八年）、ニメーグ〔ナイメーヘン〕の和約（六年続いたオランダ戦争の終結）の年だが、ラ・フォンテーヌはこれを主題として、一編の『頌歌』を作った。こうした荘厳な作品制作は、年を経るとともに、各アカデミーの――地方のアカデミー（各地で盛んに発展していた）やアカデミー・フランセーズ（作品を聴取、審議して、その会報を豊かにした）――事業となった。

したがって、継続ということになる。別の継続、つまりフランス語叙事詩計画がある。しかし、今回のこのプログラムは、逆説的な継続が問題になる。一〇ないし二〇、もしくは、さらにそれ以上の「詩編」からなる、これらの詩作品は、壮大な冒険を語り、寓意的な意味を覆い隠して、公然とタッソの『エルサレム解放』を手本にしている。これらの「バロック」風の英雄的行為の大層な積み重ねは、前世代の、もしくは過去の幾世代もの人びとには無上の喜びを引き起こしたに違いなかっただろうが、不運なことに、これらの出現は遅きに失したのだ。一六五三年から五七年のあいだに、五編の叙事詩が印刷されているが、しかし、シャプランの『ラ・ピュセル』やデマレの『クロヴィス〔あるいはキリスト教のフランス〕』は、少なくとも二〇年前から準備されていたのである。こうした叙事詩の主要な装飾はいつでも、「キリスト教的驚異」（あるいは、聖書からではなく、聖人伝や儀礼信仰から採られた超自然的なものの存在）である。

こうした詩作品の、考えられる唯一の擁護論が、アントワーヌ・アダンによって提出された。すなわち、これらの叙事詩は気取りに対する反駁、文学の無味乾燥化への反発なのだ、というものである。天使や女魔法使いの介入、戦士の武勲、悪魔の罠や魔法の宮殿、といった雑駁な寄せ集めのすべてが、低俗なものというわけではなかったし、場合によっては、一部の読者を教化することさえできた。そうはいってもやはり、こうした叙事詩はもはや廃れてしまったものであって、当初から笑いものとされていたのである（ボワローは、『ラ・ピュセル』や『クロヴィス』、ジョルジュ・ド・スキュデリーの『アラリック』、カレル・ド・サント＝ガルドの『シルドブラン〔ヒルデブラント〕』を非難攻撃している。『詩法』Ⅲ）。こうした叙事詩人の作品の格調の高さ（相対的なものだが）は、彼らが、広く認められていたあの〔単一の〕「規則」を、「バロック」的誇張の規準に当てはめる――これはいまここで確認することができる――という配慮のうちにある。すなわち、主要な登場人物をめぐる筋の単一、時間の単一（回想的な物語や予兆的な神託の挿入をふくめ、一年間）、真実らしさを理想的観点からみて真理として定義づけること、の三点である。

第七章　社交界、散文、詩、喜劇

フレシエ司教は、ランブイエ侯爵夫人の娘モントージエ公爵夫人の追悼演説をした（一六七二年）が、当時は、誰もが、説教師でさえ、社交界風の才気を加えて書くことを強いられた。流行は、あいだをおかず、次々と生まれるが、しかし、そこにはいくらか恒常〔不変〕的なもの――それは、文学の諸ジャンルに応じて緩和すべきだが――が見分けられる。なお明確にしなければならない（詳しく説明しなければならない）比率に応じて、愛情（とりわけ他人のなかに認められる、あるいは自分自身のうちに現われる気高い感情と結びついた情念）、嘲弄（ヴォワテュールやメレに、われわれが垣間見た、会話のこの輝かしい一面）、道徳にかかわる分析〔検討〕の精神（これは、「才子才女」に占有されているものではなく、上流社会〔社交界〕の影響の下で、と同様に、宗教的な読書の影響下でも、広がった）が現われる。

I　長編小説（ロマン）から短編小説（ヌーヴェル）へ

ほとんど無名の著者デュ・プレジールによる検討報告書『書簡および物語に関する意見』（一六八三年）には、一〇巻にもなる小説に読者はうんざりしてしまい、それより短い物語のほうが好まれる、と書かれている。というのも、こうした物語のほうがずっと本当らしいところがあると同時に、心にしみて感動をもたらしてくれるからでもある（デュ・プレジールは、この変化が実践上〔読書の仕方〕の変化を伴っていることにふれていないが、皆で集まって、大きな声を出して読むことは少なくなり、独りで読むことのほうが多くなっていたのである）。新しい社交界の人びとの習慣を強固なものにするための指摘だが、長編小説については、かなり不当な指摘である。よく知られているように、『アストレ』には多くの物語《ヌーヴェル》が挿入されている。スカロンは、『滑稽物語《ロマン・コミック》』（一六五一～五七年）で、笑劇風のおどけた作中人物で楽しませ、また、田舎の名士を、彼らの惨めな冒険から、激しい感情に溢れる「スペイン風」物語《ヌーヴェル》を集成した小説《レシ》によって、助け出した。いずれも一〇巻に及ぶ『グラン・シリュス』（一六四九～五三年）と『クレリー』（一六五四～六〇年）について、マドレーヌ・ド・スキュデリー（一六〇八～一七〇一年）は、付随的な要素、本編から切り離すことができる部分で、これらの作品を膨らませた。それは「愛の国の地図〔恋愛地図〕」だけではなく、フランス詩の歴史に関する「エゾップ〔イソップ〕」をめぐる講演（ヴォワテュールか？）、「クレオミール」（ランブイエ公爵夫人）加わるギャラントリー〔優雅さ〕についての意見交換、フロンドの乱に対する多くのさりげない言及、等々もまた同じ付随的な部分である。したがって、人間の心の的確な解剖や、彼女の習作にみられる鋭敏さの保証――それは身近な歴史的枠組み、あるいはブルジョワ風の現実主義の世界が提示するものだが――はすでに、長編小説の所々に表現されている。事実、デュ・プレジールは、とりわけ、ラ・カルプルネード（『クレオパートル〔クレオパトラ〕』一六四六～五八年、『ファラモン』一六六一～七〇年）がなお維持している、ありそうもない嘘っぽさに強く抗議している。

　小論『小説起源論』（ピエール＝ダニエル・ユエ、一六七〇年）は、古代人における作り事への欲求に、近代の理性的な人びとにおける真実への関心が対比される、と説明している。ユエはスグレ（一六二四

〜一七〇一年、『フランス物語』一六五七年）の友人で、スグレはラ・ファイエット夫人（一六三四〜九三年、『モンパンシエ公爵夫人』一六六二年、『タンド伯爵夫人』没後〔一七二〇年〕刊）のスペイン＝ムーア〔アラブ〕様式の枠組みで書かれた小説『ザイード』（一六七一年）の執筆に協力している。これらの短編小説とこの長編小説〔『ザイード』〕は、よく知られた数々の大事件に王族や貴族が直接に関与するという意味で、歴史への敬意を誇りとして主張している。一六六〇年頃、はっきりと表明されるようになったこうした好みは、簡潔さとともに、進展することになる。何と言っても才能豊かな女流小説家ヴィルデュウ夫人（旧姓デジャルダン、一六四〇〜八三年）は、まずは簡潔な恋愛（『アナクサンドル』一六六七年、ほか）、そして最終的には簡潔な歴史（『恋愛年代記』一六七〇年、『恋の混乱』一六七六年、等々）を選びとった。ヴィルデュウ夫人の場合、恋愛に対する悲観主義は、謙虚な主人公たち（『アンリエット＝シルヴィ・ド・モリエールの回想録』一六七一〜七四年）に対してさえ、はっきりと表明されている。アベ・ド・サン＝レアル（一六四三〜九二年）の場合、悲観主義はマキャベリ風の口調で、権力の策略に対しても向けられている（『ドン・カルロス』一六七二年、『ヴェネツィア共和国に対するスペイン人の反乱』一六七四年）。

五〇年にわたる小説の歴史は、多くの読者がただひとつ、これだけはよく知っている題名、ラ・ファイエット夫人の『クレーヴ公爵夫人』〔『クレーヴの奥方』〕に向かって収斂することになる。『クレーヴ公爵夫人』は語り言葉《パロール》の小説で、そこには愛の告白、その拒絶、とまどいの会話と手紙が描かれている（しかし、それは各人の不幸を示すためである）。それはまた、政治的、軍事的行動（国際条約、王朝貴族の結婚）を描いた、しかし罠がしかけられた小説で、そこには破壊的な情念が絶えず付きまとっている。壮麗なバロック小説については、ほとんどそのパロディともいうべきものが、ここに見出される。非の打ちどころのない完璧な言葉遣いで、また緩やかで壮大な展開のうちに、数々の重大な瞬間が、あるときは警告（歴史上の出来事の報知の形でもたらされる）、またあるときには、相互の、悪意のある監視のあらゆる策が弄される宮廷の儀礼、そして遂には内的独白になる。この内的独白はよく知られている。とりわけこの内的独白によって、ふたりの中心人物、快活で軽妙なヌムール公と世慣れない内気な「才女」クレーヴの奥方が、われわれ読者の前に姿を現わすのである。彼女の苦難、そして「安らぎ」への渇望は、そのほとんどすべてが、彼女が自分自身に課した苦しみなのだ。同情すべきなのか、咎めるべきなのだろうか？

このように、読者に投げかけられた板挟み《ジレンマ》は、モラリストたるラ・ファイエット夫人にあっては、心理分析の精神が悲劇にまで行き着くことをよく示している。

悲観主義なのか？　絶望そのものなのだ。外交官にして宮廷人ギユラーグ伯爵の『ポルトガル文』（一六六九年）は、行きずりの仕官に棄てられた修道女の心底からの訴え、と久しく考えられていた。確かに、この書簡体小説で、聴こえてくる唯一の声はこの不幸せな女の声だけなのだから。社交界的文体の流麗さが、古典古代の英雄書簡詩から、辛辣な皮肉と呪詛を背景にして、不条理な幸福の痙攣を描き出すことができるまでになっている。

Ⅱ　恋歌（マドリガル）から悲歌（エレジー）へ

アベ・コタン〔コタン神父〕（一六〇四～八一年、モリエールが『女学者』に登場する衒学者である「トリソタン〔三倍の馬鹿者〕」の名のもとに戯画化している）は、彼の『優艶作品集――散文と詩』のなかで、マドリガルは、三〇年経って、イメージや精神の繊細さ、そして音楽的な甘美さを混ぜ合わせて、社交界の人びとに最も好まれる短詩様式になった、と証言している。引き合いに出すのは、名高い共作詞華集『ジュリーの花環』だけにとどめておくことにしよう。これは、モントージエ侯爵から彼の未来の妻〔ランブイエ侯爵夫人の娘ジュリー〕に優雅に贈られた、名筆の豪華な詞華集（一六四一年）で、ランブイエ館に足繁く通った常連詩人の大半が一六三四年以来準備を重ねていたものである。詩的象徴主義にイタリアの諸理論を適用したマドリガルは、いろいろな長さの詩句で競作することもできた。その多彩な煌《きらめ》きは、ラ・フォンテーヌの『寓話』で成功を収めることになるのだが、まずはマドリガルによって鍛えられたのである。

等韻律《イソメトリック》詩句で書かれた、書簡詩や諷刺詩のいっそう規則的な表現形式は、かなりの職業《プロ》意識を予想させるものがある。ところが、ボワロベール（『書簡詩』一六四七年）やゴドー（『キリスト教的作品集』一六六三年、三二頁）は、この形式の初期のものにホラティウスの感性、したがってまた趣味の帝国〔支配〕を加えている。

さらに、そこには田園詩《エグローグ》があり、社交界の生活は黄金時代への郷愁なしには決して成立しないことを思い起させる。羊飼いたちは舞台からも小説からも去ってしまったが、しかし詩においてはそうはならなかった。その事実は、スグレ（『アティス』一六四八年）やヴィルデュー夫人（『詩集』一六六二年）の詩作品に認められる。逸楽と媚態？　社交界の詩は、エレジーを復活させることで、テオフィルの語調の響きを取り戻した。どんなことであれ才能に恵まれたヴィルデュー夫人は、詩によって、彼女の小説につきまとう悲観主義とほとんど異なるところのない悲観主義で、別離を嘆いている。彼女のエレジーは、ラ・シューズ夫人のエレジー（一六六六年）に応えたもので、不安にかられた、恋する女の欲求不満《フラストレーション》が、礼節の掟によって辛うじて覆い隠されている。詩の分野でさえ、社交界の精神は決して消極派ではなかったようだ。

Ⅲ　新流行の喜劇

よく知られていることだが、他のどんな文学形式より厳しく監視されていた演劇作品は、一六三〇年以降、単一の規則に帰順し、趣味の支配に従うようになった。とはいえ、この領域には、豊かな想像力の領域がそのまま残されていたのである。想像力はここで束縛されることなく開花し、観客――厳格主義者になってしまった人びとは別にしても――は、コルネイユに、コルネイユであればどの作品にも、喝采を送る観客のままでいた。これが、セヴィニェ夫人の証言である。それでも、ここには二つの新しい洗練された優雅さが出てきて、サロンの常連に支持された。それは、一六四五年から六五年のあいだ、喜劇の歴史を貫いた、スペイン風喜劇の流行とテレンティウスの評判の増大とである。これら二つの流れがそれぞれ、偉大な劇作家へと通じている。最初の流れはスカロンへ、第二の流れはモリエールへ到達する。

社交界は、小集団の文人から提供された、スペイン演劇を公然と模倣した――「喜劇」と称してはいるがドラマに通じる内容を備えた――一連の作品群すべてに喝采を送った。その小集団とは、ドゥーヴィル（専門的なスペイン研究者）、ついでその兄ボワロベール、スカロン、トマ・コルネイユ（一六二五～一七〇九年、『偽占星術師』一六五〇年、『シガラルのドン・ベルトラン』一六五一年、等々）といった人びとである。こうした熱狂は、どうもよくわからない。どうやら、のめり込みながら、無償のというわけでもない恋に対する先入見が問題とされているのだろう。そこでは、青年と娘は、誘拐や探索に溢れる「イタリア風」喜劇の場合よりも、さらに多くの危険を冒すし、率先して行動している。

スカロンは、長い時を経てきたこれらの田園恋愛詩に見られる控えめな哀感に、ほとんどラブレー的ともいえるひとりの登場人物、つまり滑稽な従僕の奔放な空想力を混ぜ合わせるために、この種の演劇を利用する才能に長《た》けていた。スペインの劇作家が見せてくれたのは、怯懦《きょうだ》で手前勝手《エゴイスト》な下僕「グラシオーソ」〔スペイン語でおどけ役、道化役者の意〕で、この下僕が持ち出す理屈は哲学の萌芽をもたらした。「イタリア風」喜劇の陰謀家とはまったく関連がない。それは、フランスではむしろパニュルジュか、あるいは少なくともパニュルジュの役柄の一部だろう。こうした笑わせる役〔同時にまた考えさせる役〕の登場人物は、これにぴったりの役者、『嘘つき男』のクリトン役で卓越した演技を見せたジョドレを見出すことになる。スカロンはジョドレの名を冠した喜劇を二編書くことから始め〔その最初の作品は『ジョドレ、あるいは主人になった従僕』一六四五年〕、他にもまた、滑稽な反英雄《アンチヒーロー》像を描き出さずにはいなかった〔『おかしな相続人』一六四九年、『アルメニアのドン・ジャフェ』一六五一年〕。おどけた言葉の楽しさは、趣味人が感じていたように、あのグロテスクな〔異様で滑稽な〕役を舞台に導入する〔そのまま存続することになる〕ことを助長したように思われる。ジョドレは、その俳優としての経歴をモリエールの舞台で終える前に、同じ特徴をもつ役柄で、ドゥーヴィルやトマ・コルネイユの舞台に何度も戻っていった。

こうした「スペイン風」喜劇の優位と並んで、古代ローマやイタリアに着想を得た劇作品〔ロトルーの『妹』一六四七年、トリスタン・レルミットの『居候』一六五四年、キノーの『慎みのない恋人』一六五六年〕、モリエールの『粗忽者』（一六五四年?）と『恋の恨み』（一六五六年?）が、上演されることは少なかったものの、ずっと書きつづけられていた。しかし、この「高尚な喜劇」〔五九頁〕は、その「見本〔典型〕」をプラウトゥスから採るのに満足することなく、加えて〔ボワロベールの『三人のオロント』一六五三年〕

同時代の生活を引き合いに出すが、生きいきとした、しかも礼儀にかなった対話〔台詞〕なしには、もはや理解されなくなってしまった。テレンティウス風の「中庸の喜劇」の支持者は、批評家（シャプラン、ゲ・ド・バルザック）の作品のなかに見出され、サロンはこの一派を迎えいれている。

一六五五年以降、多くの人びとが、テレンティウスがそうしたように、言葉の純粋さ、容赦ない諷刺、そして現実描写の普遍的効力を結びつけることになる喜劇のすばらしさを認める用意ができていたのだ。こうした開かれた精神は、社交界で実践されている「嘲弄」から生じたものである。

Ⅳ　箴言集、書簡集、回想録

『クレーヴ公爵夫人』とともに、ラ・ロシュフーコーの『箴言集』、セヴィニェ夫人の『書簡集』、レ枢機卿の『回想録』が、社交界文学の至宝となっている。これら四人の著者は、互いによく知り合っており、ときには反目し合ったり（ラ・ロシュフーコー公爵とレ枢機卿はかつて、フロンドの乱のとき、敵対していた）、親密になったりしている（ラ・ファイエット伯爵夫人とセヴィニェ侯爵夫人）。立派な教育を受け（女流作家ラ・ファイエット夫人と女流書簡作家セヴィニェ夫人は、ともに、ジル・メナージュ〔一六一三～九二年、文法学者〕を師としていた）、すぐれた仲間と結ばれていた彼らは、その仲間の才気《エスプリ》を自分たちのものではないとして否認するようなことは決してなかった（サブレ侯爵夫人のサロンは、『箴言集』の成立に寄与している）。しかし、それは、自分から進んでにせよ（ラ・ロシュフーコーの――名門の家柄にもかかわらず――慎重な留保、セヴィニェ夫人の家族の団欒や旅行への夢）、他から強いられてにせよ（ラ・ファイエット夫人の憂鬱〔神経衰弱〕、レ枢機卿に対するコメルシーへの政治的追放〕、少し前のゲ・ド・バルザックの場合と同じように、熟考の時間を確保し、また賢人として適切な距離を置きながらのことではあるが。モラルの鋭い分析という点で同類の、これら四人の作品は、全体としてみれば、趣味の時代には多様性が尊重されていたことを示している。

ポルトレ〔人物描写（十七世紀の文学形式）〕（グランド・マドモワゼル〔モンパンシエ嬢、王弟ガストン・ドルレアンの娘。『回想録』を書いた〕の後援を受けて、一六五九年に刊行された『ポルトレ集』や、とりわけスキュデリー嬢とモリエールによって創り出されたポルトレ、つまり才女たちが想像で書き上げたポルトレ）と同様に、箴言もサロンの遊びだった。散文で書かれた辛辣な言葉、箴言とは、単なる口承ではなく、セネカ風の文体で書かれた警句であり、教育者にあっては格言や教訓のことである。劇作家は、すぐれた箴言を、主人公の台詞を際立たせるために利用していた。ラ・ロシュフーコー公爵（フランソワ六世、一六一三〜八〇年）は、こうしたことはすべて知っていたし、彼の崇拝者は、ラ・ロシュフーコーがアウグスティヌス風の厳格主義を主張するとき、そして〔罪の形象としての〕自愛心の告発の際に、彼がかぶせた甘い糖衣（一六六五年に刊行された正規の〔六四年にオランダで、彼の許可なしに『箴言集』が刊行〕初版の「読者への注意」や「序言」）に、目を眩ませられることはなかった。一部の読者は、そこにラ・ロシュフーコーの矜恃の響きを読み取った。それは、スペイン人グラシアン〔スペイン十七世紀のモラリスト、箴言集『神託必携』がある〕の語調とほとんど異なるところがなく、サブレ夫人とデリ師の『箴言集』（一六七八年）の教化的文体とはおおいに異なっている。それにしても、この矜恃のうちにある、なんという見事なソクラテス風手腕だろうか！　ラ・ロシュフーコーは、読者に自由な解釈を委ねる、あるいはラ・フォンテーヌが指摘しているように（『寓話』第一巻一一〔男と鏡に映るその姿〕）、「何事かを考えさせる」のである。

その決定版には、『考察、道徳的格言もしくは箴言』（一六七八年の第五版には五〇四の箴言がある）に、没後発表の『その他の考察』が付され、謎めいたままに残されている。

美徳の欺瞞性、気質と地位「不機嫌と運命」、情念のもたらす無分別な自主性、そして死の恐るべき性質が、自己愛とともに、『箴言集』の主要なテーマであるように見える。しかし、一体何が真に告発されているのか、それはどんな論理的順序に従っているのだろうか？

この点については、これからもきっと長期にわたって議論されることだろう。ここで再びラ・フォンテーヌ（前掲、『寓話』の同じ箇所）に倣って、ラ・ロシュフーコーの最もよく知られた章句の辛辣な効果にもかかわらず、友情に厚く、名誉を重んじる、この名門貴族が人びとに差しだす鏡の明澄さを記憶に留めておくことにしよう。

セヴィニェ侯爵夫人（マリ・ド・ラビュタン＝シャンタル、一六二六〜九六年）の気質は、陽気であると同時に、果断なところもあった。彼女は、非情で才気ある女と思われた、また噂話《ゴシップ》好みと思われたこともあったが、こうしたきわめて一面的な見方は、一部削除されてしまった改竄版（一七五四年初版のペラン版以前にいくつもの刊本が出た）によって生じた評判の移ろいのためである。まだ欠けているものもあるが、こんにちでは、全部で一一二〇通からなる『セヴィニェ夫人の手紙』（デュシェーヌ編、一九七二〜七八年）が、彼女のすばらしい人物像を見せてくれている。つまり、彼女は、女流書簡作家であることの自覚をもちながらも、社交界への出入りが自分を抑えることなく、その優しさを表わすときにどんな窮屈さも感じないような人物だったのである。愛娘（フランソワーズ＝マルグリット、結婚してグリニャン伯爵夫人）と別れて（一六七一年）、愚痴をこぼしたくもなり、率直に自分自身を憐れみもしたセヴィニェ夫人は、しかし自分の立場を皮肉ってみることができるし、宮廷生活や国の実情について練達の変奏曲を演奏することもできる卓越した女性であり続けた。セヴィニェ夫人が、彼女の器用な従兄、彼自身も書簡作家で逸話作家、そして未来の回想記作家で批評家のビュッシー＝ラビュタン（一六一八～九三年）に訴えかけるとき、彼女の味方はとりわけ確固としたヴォワテュールである。ようするに、セヴィニェ夫人にあっては、書く喜びは話す喜びに通じている。格言、言葉遊び〔洒落、地口〕、俗語的表現などが、娘との別離の悲しみを解消することに役立っている。また、当世流の著者から、思いつくまま頻繁に引用して、娘という最適な手紙の受取人と、彼女の快活な文通相手である母親とのあいだに、ふたりがともに過ごした時間に戻って語り合うための暗黙の了解事項を作り出している。

もうひとりの生まれながらの語り手、雑多な話し方のできる話し上手、セヴィニェ夫人の権威者にして友人ポール・ド・ゴンディ（一六一三～七九年）、すなわちレ枢機卿は、ある一人の女性（おそらく、セヴィニェ夫人だろう？）に向けて、一六七五年から七六年にかけてコメルシーで、『回想録』を書き綴った。まずは、自分自身の擁護者（そこでは、フロンドの乱、ヴァティカンの教皇選挙をめぐる、あらゆる政治上の騒擾ならびに教会の混乱に対する自己弁護）として、回想録を書く著者は歴史家ではない。しかし、レ枢機卿の回想録はいささかなりとも歴史の華やかさをとどめている。それは、回想録のなかで、彼が個人的なかかわりをもった人びと（宮廷人、大貴族、パリ高等法院一派、パリ市民さえも）を呼び起こしていること、また、彼が自分自身も含め、各人の行為の動機を提示するタキトゥス風の解釈によるものである。いくつかの追憶（高位者について、名門貴族について、君主制の原理について）、断定的な人物批評《ポルトレ》（リシュリューやマザラン、フロンドの乱初期の有名な「人物描写集」）が書きとめられている。劇作家出身のレ枢機卿は、この世は一場の笑劇であると確信していた。とはいえ、全体としては、軽快な筆致で描かれる物語は、社交界風の揶揄と英雄喜劇風文体、格言の使用と「私《ジュ》」の介在が終始、さまざまな出来事の表層の錆を剥ぎ落とす年代に沿って進んでいく。これは悔悛者の精査なのか、上流貴族の誇りなのか？　この誠実さの誇示を、どう理解すればよいのか、わからない。

第八章　悲劇と宮廷劇

I　演劇における小説について

悲劇の土台としての歴史は、一六五五年頃には、趣味を重んじる人びとの見地からみれば、小説とほとんど異なるところはない。「ローマ風」犠牲的行為（ピュール師の『オストリウス』一六五八年、ヴィルデュー夫人の『マンリウス』一六六二年、等々）や王位の正統継承権（名誉あるアカデミー会員で、多作な劇作家、クロード・ボワイエの『オロパスト』一六六三年）は、無味乾燥な題材ではなく、これらのテーマを体現するための偉大な人物を必要としていた。しかし、そうした人物に対して、社交界は優雅な粋人であることを望んでいたのである。すばらしい恋愛事件や激しい情熱は、英雄的想像力がつねに生み出すとは限らない、涙を誘うような感動的な調子を伴いながら、スキュデリーやロトルーの悲喜劇の色調を取り戻す。

文学年表の上では、ボワイエやル・クレール、あるいは演劇分野にかかわる他の何人かの作家よりも重要ではないが、やがて世評を独占してしまうことになるふたり、トマ・コルネイユ（「スペイン風」喜劇にも関わっている、九六頁）と、オペラの台本を創作するように要請された、善良な作家フィリップ・キノー（一六三五〜八八年）の名前が残っている。トマ・コルネイユの『ティモクラット』（一六五六年）は大当たりだった。これは、二つの名を持つ主人公〔一人二役〕と、そのことが引き起こす取り違えを伴い、とりわけロマネスクな作品で、その題材《テーマ》をラ・カルプルネードの『クレオパートル』に想を得ている。『ダリウス』（一六五八年）にも、『ティモクラット』と同じ恣意性〔奔放な空想〕があり、英雄的な『スティリコン』（一六六四年）、「ラシーヌ的」な『アリヤーヌ』（一六七二年）、そして『エセックス伯』（一六七八年）では、いくらか真実味を帯びたものになっている。もっと称賛に値するキノーは、著名な盟友トマ・コルネイユの名声に頼ろうとはしなかった。しかし、キノーの筆は比類なく柔軟で、彼の数多い作品のなかでも、メロヴィング朝に題材をとった悲喜劇『アマラゾント』（一六五七年）における権謀術数や、ラシーヌとの対抗意識なしに書かれた六編の悲劇のひとつ『アストラート』（一六六五年）の空想的な筋立てに奇妙な形で繋ぎ合わされた格言調の政治的な言いまわしが引き立っている。

Ⅱ　大コルネイユとジャン・ラシーヌ

宗教詩に没頭して、しばらく中断したのち、ピエール・コルネイユは再び劇作家の道に戻った（一六五九～七四年）。情念が英雄精神を曇らせたり（『エディップ〔オイディプス〕』一六五九年、『金羊毛皮』一六六一年、『アジェジラス』一六六六年）、あるいは幻滅、さらには犯罪が政治的利害の駆け引きを掻き乱したり（『オトン』一六六四年、とりわけ『シュレナ』一六七四年、これはいっそう残酷なものだが、『クレーヴの奥方』の筋立てに近いところがある）することもある。とはいえ、高貴な英雄たちは、何かしら模範的なところを、つまり統治の意志（『アッティラ』一六六七年）、犠牲的精神（『ソフォニスブ』一六六三年）、暴君への憎しみ（『セルトリウス』一六六二年）を保持している。いまや「老いた」詩人コルネイユは、きわめて繊細で優雅なところがあるので、モリエールのために、キノーとの合作で、宮廷向けのバレエ劇『プシシェ』を韻文で書くように求められる。

喝采され、つねに時代の好みに応じ、かつての栄光に満ちたコルネイユは、自己の永続性を気遣う。「この世で最初の劇詩人」（シャプラン、一六六二年）コルネイユは、自己の優越性だけではなく、自己の専門分野を確信している（『王への感謝』一六六三年）。型どおりの抒情性など、誰も彼に期待していない！ また、「われわれの気難し屋たち」が望んでいる、あの惜しみない愛さえも（『ソフォニスブ』序文）！一六六〇年に刊行された改訂版『戯曲集』には、三編のすぐれた評論『劇芸術論〔「劇詩論」、「悲劇論」、「三単一論」〕』と『自作吟味』が加えられ、これまでに書かれた二三編の戯曲を誇らしげに見せつけながらも、その言葉は注意深く時代の趣味に合わせて書き記されている。コルネイユの死の直後、ラシーヌはすでにもうかなりの距離をおいて、コルネイユについて語っている。「フランスは、歴代の王のうちで最も偉大な王の治世に、詩人たちのうちで最も偉大な詩人が開花したことを、喜びのうちに思い出すことだろう」（一六八五年）。

コルネイユとラシーヌ、それは、ラ・ブリュイエール以前でさえ、どちらが最もすぐれたものを生み出すか、対比を強いられた二人の名前である。奇妙なことに、彼らの論争においては、若き狼〔野心家〕ラシーヌのほうが、先達コルネイユ（きわめて博識な歴史家であったのにもかかわらず）よりも史実に忠実であるとして、勝利の栄冠を要求している。ラシーヌが本心から、コルネイユはあまりに空想的《ロマネスク》に過ぎると思っていたとすれば、また、ドービニャックの批判のように、コルネイユ劇の筋立てが錯綜していると、ラシーヌとしては当然ながら考えていたとすれば（コルネイユ『ティトとベレニス』一六七〇年、ついで『ピュルケリ』一六七二年、参照）、それは、ラシーヌが自分自身の創作方針《プログラム》を定めていたからである。

つまり、二世代にわたる悲劇詩人が創りあげてきた、登場人物の外的行動から内面性への推移を見失うことなく、ギリシア悲劇の感動《エモーション》へと立ち戻ることである。趣味の時代に、フランスの劇作家は、ラシーヌとともに、簡潔さの極限、優雅さの最先端を見出した。ボワローが認めたことだが、それは超えることのできない限界であり、その趣向はほとんど模倣されることがなかった。

十七世紀の作家のうちにわずかしかいない古代ギリシア傾倒家のひとりであるジャン・ラシーヌ（一六三九～九九年）は、その特異性を彼の教師だったジャンセニスト（とりわけアルノー・ダンディーとルメートル）に負っている。詩人でもあり、ギリシア語からフランス語への翻訳者でもあった彼らは、ラシーヌの筆致を和らげることにも力を貸したのである。これらの教師にとって、手痛い失望は、この慈しみ育てた孤児、神童ラシーヌが演劇に対する彼らの非難攻撃に、一通の手紙（パスカルの『田舎の友への手紙』にも匹敵する〔『「想像の異端」および二編の「妄想に人」の著者に与える書簡』〕）によって反駁し、舞台という魂の堕落の深淵に身を沈め、女優を愛人にしたことだった。ラシーヌの強引な性格の乱暴な表われのひとつに、彼の最初の二作品『ラ・テバイッド』と『アレクサンドル大王』上演に際して、彼に肩入れしてくれたモリエールとの仲違いがある。それはつまり、美学的野心が出世主義的野心を伴っていたということである。ラシーヌは一六六九年から王〔ルイ十四世〕と寵妃モンテスパン夫人の庇護を得ていたし、ついで宮廷に地位（七七年に修史官拝命、九〇年には王室付き貴族の称号獲得、王の朗読係）を占め、さらに他の数々の特典も手にした。ルイ十四世の栄光をたたえて書かれた、ラシーヌの散文作品は失われてしまったが、彼の恩師たちへの敬意を表して書かれた『ポール・ロワイヤル史概要』は――運命の皮肉で――失われることなく残されている。このポール・ロワイヤルの迷い子ラシーヌは、その死の二〇年前に、再び信仰に復し、マントノン夫人と彼女が教育を施していた〔サン＝シール女学院の〕寄宿生に、聖書〔旧約「エステル記」〕に題材を採った二編の悲劇『エステル』（一六八九年）と『アタリー』（一六九一年）を提供した。

ラシーヌのデビュー作『ラ・テバイッド』は、一六六四年、モリエール一座によって初演された。翌六五年、同じくモリエール一座初演の『アレクサンドル大王』は成功を収めたが、初演から二週間後に、ラシーヌは突然、モリエールには無断でブルゴーニュ座に上演させ、モリエールと決裂した。

当時の人びとにとってと同様に現代のわれわれにとっても、ラシーヌ劇の巨大な成功は、『訴訟狂』（一六六九年、諷刺劇）は別として、一〇年間にわたって上演された宗教色のない題材を扱った七編の悲劇の色調によるものと思われる。最も独創的な三編の戯曲（『アンドロマック』一六六七年、『イフィジェニー』一六七四年、『フェードル』一六七七年）は、古代ギリシア・ローマの伝説に基づいて書かれている。他の三編は、コルネイユ自身の領域、すなわち古代ローマ史の領域で、コルネイユと競い合っている（『ブリタニキュス』一六六九年、『ベレニス』一六七〇年、『ミトリダート』一六七三年）。そして、『バジャゼ』（一六七二年、当代のオスマン・トルコ帝国の後宮悲劇）は、ラシーヌの新たな演劇的文体の影響力を、あらゆる分野で、確かなものとすることができた。

1　単純さ

「きわめてわずかな題材しか扱っていない」ラシーヌ劇の筋立ては、容易に三単一の規則に適応する。舞台の導入場面は緊迫さを表わし、登場人物のあいだの闘いは、詩人ラシーヌによって、終幕寸前の一瞬のうちに捉えられる。歴史的大画面（悲劇というジャンルの規定から考えても、回避することはできない）が描かれる際もまた、遅延することはない。策謀を語るアグリッピーヌも、ローマの瓦解を予言するミトリダートも、情報提供者としてそこにいるのではなく、彼らの心のうちを赤裸々に語っているのだ。透けて見える罪と憎しみが、反転して、透明な純粋さと潔白さに呼応している。征服者ピリュスに嘆願するアンドロマック、あるいは、養育係テラメーヌに対して、若々しい胸のときめきを打ち明けるイポリット。対立しぶつかり合うときに、対話は生きいきとしたものになる（生きいきとした、そして「自然な」対話、だから、隔行対話はほとんどみられない）。エクトールとアンドロマックの息子アスティアナックの身の上に関して、囚われ人アンドロマックに対するピリュスの脅迫、ミトリダートが自分の息子ファルナスを愛しているのではないかと疑っているモニームに対する尋問。そして、長台詞、とりわけ『フェードル』の長台詞は明晰で、長々しい語も難解な語もなく、簡潔なイメージと明快な構文で書かれている。

　これらの悲劇には予期せぬ大波乱（どんでん返し）があるが、しかし、そのどんでん返しが情勢を逆転させることはない。どんでん返しは、驚きの感情を育むのではなく、数々の秘密を、それも心のうちの秘密を明るみに出す手助けをするのである。『フェードル』から引かれる有名な例がある。死んだと信じられていたテゼの思いがけない帰還は、それがテゼに伝える（不貞の妻？　陰謀家の息子と近親相姦者の息子？）ことによっても、また、テゼの帰還がフェードルに伝える（間接的に）ことによっても、さして重要なことではない。あの「わたしには恋敵がいたの……」という台詞[1]、ひとりの女、別の女、あの恋敵アリシーの不可解な威光、イポリットに愛されているアリシー、このほとばしり出る激しい嫉妬は、他のあらゆる情念を焼き尽くす。これこそが、まさしく真の逆転であり、フェードルを観客に、そして彼女自身に対して露わにして見せるどんでん返しなのだ。実際、主役の心のうちの変化以外の筋立て《アクシオン》はない。そこに見られるのは、ネロンにおける怪物（暴君ネロン）の感情の激発、ロクサーヌにあっては、遂には（アタリダートの）自殺という形での終幕、バジャゼから愛されていないという不幸である。

（1）『フェードル』第四幕、第六場。第四場でイポリットがアリシーを愛していることを、テゼから知らされたフェードルが乳母エノーヌに漏らす言葉。「エノーヌ、信じられようか。わたしには、恋敵が」（渡辺守章訳、岩波文庫）。

身振りはほとんどなく、小道具もきわめて少ない（バジャゼにおける思いがけない手紙、証拠の品として役立つイポリットの剣）。実行手段が節約されているところでは、剣ではなく言葉が人を殺すのである。ラシーヌは、局面の急転は避けて、真実らしさの擁護者として振舞う。また、ラシーヌが芝居の筋立てで用いる数々の動機は、権力者の厭世的な考えが生じるだけに、いっそう単純なものになる。権力者が激情家であるのは、高貴な義務に従うためではない。そうではなく逆に、彼らの権勢が愛するものを屈従させるのに役立つからなのだ（ピリュスとアンドロマック、ネロンとジュニー、ロクサーヌとバジャゼ、ミトリダートとモニーム）。

2　様々な罠

しかし、これらの清澄な人物に先を見透かす力はない。彼らが宮廷で、また大自然の力のなかで直面する運命が、その掟に彼らを屈服させる。ブリタニキュス、バジャゼ、そしてモニームでさえ、彼らを包囲する政治的「怪物」に押し潰されずにいるにはあまりに愛が深過ぎる。ベレニスは、ティテュスが自己の運命とするほどまでに同化した神秘的「ローマ」に苦しむが、しかし、それが彼女の苦しみのすべてではない。ベレニスは、自分自身に誓った約束に苦しむだけではなく、彼女自身の運命でもある彼女の夢、彼女の幻想に苦しんでいる。

事実、敵対する意志も情勢の慌しさも（『アンドロマック』では、ピリュスはギリシア人に求められた子供を引き渡すだろうか？　また『ブリタニキュス』では、実直なビュリュスと放埒なナルシスとのあいだで、ネロンはどんな道を選ぶだろうか？）悲劇性の真の原因ではない。避けがたい宿命も、「悲劇的世界観」に由来するものではない。この「悲劇的世界観」はジャンセニスト的着想（リュシャン・ゴルドマン）によるもの、また世界と神とのあいだの根源的な分離に対する絶望的な確認のうちにみられるものであろう。社交界の人間であるラシーヌの主題は、もっと世俗的な性格のものだが、だからといって、深みがないのというのではない。ラシーヌは、抑えがたい情念というオウィディウス的連想を徹底的に追求したのである。これについては、みやびな恋愛詩がたわいのない潤色をほどこしてきたのだが、ラシーヌはそれを本質的な不幸の姿《イマージュ》を映し出すまでに掘り下げたのである。言葉との戯れを信じていたヴォワテュールの気取り屋たちは、これらの悲劇によって、誤りに気づかされた。彼らを手玉に取るのは、言葉のほうなのだ。

　オウィディウス風の文体によって、いくつかの対話の「気取った」くだりは説明がつく。しかし、「火〔情熱〕」と「鉄〔剣〕」が、悲劇のなかで、隠喩ではない生命、危険をはらんだ感覚を取り戻す。さらにきわめて強大な規模で、伝説の神々が甦ってくる。アガメムノンとその一族を締めつける、あの耐えがたい網（『イフィジェニ』）、テゼの過去と未来に流れるあの報復（『フェードル』）、ここに、ネプテューヌ〔ギリシア神話のポセイドンに相当〕の残酷さの二つの発現がある。精彩のない寓意は追い払われ、ラシーヌによって甦った神々はあらゆる色調を取り戻す。女神たちは互いに争い、そしてフェードルは道ならぬ恋の責め苦で彼女を罰する情け容赦のないヴェニュスの獲物であるだけではなく、フェードルはまた、晴朗な太陽神ヘリオスの後裔であり、貞節への熱意で彼女を責め苛む正義の王ミノスの娘でもある。その彼女の前に、クレタ島の女フェードルの欲望の前に、貞潔の女神ディアーヌ〔ギリシア神話のアルテミスに相当〕と智慧の女神ミネルヴァ〔ギリシア神話のアテナに相当〕の息吹を受けたアテナイの男イポリットの節度が立ちはだかる。

登場人物は、自分たちに宿っているこうした力について、何を知っているのだろうか？　彼らはこの力を、『アンドロマック』の登場人物オレストや彼の従妹エルミオーヌ、片方のアトリッド〔ギリシア神話のアトレウスの子孫、アガメムノンとメネラオス兄弟。ここではメネラオスを指す〕のように、物語の言葉によって、祓《はら》いのけられると信じている。それはうまくいかない、というのも、彼らの言葉が彼らを罠にかけるからである。神託の言葉（『イフィジェニー』）や呪いの言葉（『フェードル』）は、偽りの希望、誤解、あるいは記憶の恣意的な投影であり（ベレニスの他にも、エルミオーヌ、ロクサーヌ、そしてとりわけフェードルが、若き英雄たちに対する幻想によってまったく麻痺させられている）、さらにそれ以上に、悲劇的な皮肉《イロニー》である。幾度も繰り返し、またすべての戯曲のなかで、あの錯乱した人物たちから発せられる詩句は、彼らの未来を予言し、彼らの運命を言い表わしている。しかし、彼らはそれについて何も知らないのだ。進行中の筋立てに彼らも関与するように強いる、そうした言葉を発しながら、彼らは自分たちを襲う苦しみを強く感じとってはいるが、彼らは、自分たちがそこに向かって突き進んでいく深淵を推し測ることはない。それは、演じる俳優が彼らの苦しみを美化し、音楽が彼らの苦しみを和らげるだけに、いっそう痛ましい情景を呈するのである。

3　悲壮さ

ラシーヌの悲劇は、ギリシア・ローマ神話の狂気に、そしてまた、叙事詩の崇高さに恩恵を受けている。ラシーヌが持ち出す「荘厳な悲しみ」は、洗練された喜びとなり、距離を置くことと同時に識別となる。朗誦（歌に近い）と典礼（宮廷の祝典への融合、『アンドロマック』への王弟妃アンリエット・ダングルテールの支援、『ミトリダート』に対するルイ十四世の偏愛）は、現代のわれわれにかなり奇妙なものとして残されている。これらの作品の大半が浸っている海、行為の唯一の場、待機のための、囲われた控えの間、われわれはこの地中海的沿岸の詩情をよく理解できる。嘆きを閉じ込めたままの哀歌《エレジー》に、広大な水平線が呼応し、ホメロスやヴィルジル〔ヴェルギリウス〕から採られた英雄たちの名に結ばれた数々の偉業が呼応する。

しかしながら、コルネイユとは対照的に、ラシーヌは、崇高さは行為の道義性《モラル》に結びつかなければならないとは考えなかったし、崇高さが観客の感歎を引き起こすことになるとも思わなかった。競争相手コルネイユよりも優等生で、よりアリストテレス的でもあったラシーヌは、アリストテレスの『詩学』で分析検討されている情動、すなわち、恐れと憐れみ〔『詩学』第十四章〕だけを厳密に守って書いている。こうした厳格さの結果、非の打ちどころのない完璧な英雄を退けることになった。最も好ましい人物たちでさえ、罪過を受け継ぎ、彼らの罪を責める他の者に不正を働く。他方、作品の題名は、専制君主によって破滅させられる犠牲者——とりわけブリタニキュスとバジャゼ——を指し示すことで、恐怖をもたらすのである。囚われの王妃アンドロマックも追い払われた王妃ベレニスも、アンドロマックの母であるがゆえの〔息子アスティアナックスを守るための〕結婚が、ベレニスの東方的《オリエンタル》自尊心が、彼女たちを罪に引きずり込むにしても、憐れみを誘うものではない。ラシーヌの手本《モデル》は、ソフォクレスである。ラシーヌは、セネカ的伝統が要求していたように、教え諭す場を求めているのではない。ラシーヌは、エウリピデスのように、恋の情念がうちに秘める打算と苦悩の果てを探求したのである。

規範性は英雄精神にあるのではなく、したがって、登場人物が絶えず規範であり続ける。ラシーヌは、ルネサンス終焉期の合唱部《コロス》付き悲劇のように、「偉大な人物の典型的な不幸」を巧みに描いている。とはいえ、筋立てはつねに急迫していて、愁訴の口調が心情を吐露する〔アンドロマック、ベレニス、第一幕〔第三場〕の心を病んだフェードルと第五幕〔第七場〕の毒を仰いだフェードル）のは、稀な、そして、よく計算された一瞬でしかない。それぞれの悲劇の構造は、その図面のなかで、その脈絡よりもその律動《リズム》によって、さらに多くの喜びをもたらすのである。このリズムを言葉で表わすには、「韻文による音楽」という言葉を用いればよいと思われる。が、それ以上のものがある。聴衆は、言葉の波の上を漂い進むような気になり、情念の急激な動揺（これは完全に見分けることができる）の代わりに、聴衆の耳は、根源的な苦しみの詩的統一性を聴き取る。筋の推移のうちで様々な登場人物に共有される、この苦しみが、最後には観客の一人一人に浸透してゆくことになるのである。

Ⅲ　古典悲劇と叙情悲劇

のちにヴォルテールの栄誉のひとつになる芸術形式は、その発展の各段階に従って理解されて当然である。というわけで、ボワイエの『ジュピテルとセメレの恋』（一六六六年）と『若きマリウス』（一六六八年）、ルクレールとコラの『イフィジェニー』（一六七五年）、とりわけまたプラドンの『フェードルとイポリット』（一六七七年）が挙げられるだろう。そこには、閑暇にめぐまれた上流人士が抱きつづけたラシーヌへの対抗意識、かつてコルネイユとラシーヌのあいだでベレニスを主題にした競作の場合と同じ対抗意識が見てとれる。それは、社交界のちょっとした戯れだったが、しかし、コルベールの側近シャルル・ペロー（一三四頁）がエウリピデス＝ラシーヌ悲劇を非難攻撃し、その基本的な感情と筋立てをからかって、「古代派」（この言葉が意味するのは、古典古代の作家と同時に、その古典作家を賛美する当世の作家のことである）を嘲弄しはじめたときに、まったく異なったものとなった。そのきっかけとなったのは、三作目で成功を収めたフランス・オペラの台本、キノーと作曲家リュリの『アルセスト』（一六七四年）である。

モリエールの死（一六七三年）の直前に、リュリは音楽に関して、宮廷の催し物の唯一の御用達に任ぜられ、宮廷喜劇はそのことから深刻な影響をうけるようになった（一一八頁）。イザーク・ド・バンスラード（一六一三〜九一年）でさえ屈服しなければならず、詩人だった（一六五〇年の有名な「ヨブのソネ〔一四行詩〕」〔繰り返し句のある定型詩〕による『ロンドー』）昔に戻って、再び恋愛詩人にならざるをえなかった（『オウィディウスの変身譚』、一六七六年）。しかし、二〇年近くにわたって、この宮廷バレエ（一一八頁）の企画者（構想に関して）であり、また作者（歌詞と舞踊に関して）でもあったリュリは、宮廷の催し物にかかわる、あらゆる人びとにかなりの額を支払っていたのだ！

いまや、『プシシェ』の成功後（一〇四頁）、リュリは自分の分野、「音楽悲劇」とその台本作者キノー（『テゼ』一六七五年、『アティス』一六七六年、『イジス』一六七七年、等々）を選定している。しかも、絶えず情熱に燃える恋を歌う詩人ではあるが、このうえなく微妙な変化を歌いうる詩人（と同時に、王に捧げた序詞では、誇張した讃辞も書く）キノーは、単なる一台本作者以上の者だった。キノーはアカデミー会員として、よくよく考えたうえで、公的な監視のもとに、それぞれのオペラの題目を選んでいる（最初の作品は、『カドミュスとエルミオーヌ』一六七三年）。

この流行の潮流と闘った何人かの作家は、時代遅れの闘いを推し進めていたのであって、彼らはおそらく、歌われる演劇が語られる喜劇や悲劇にもたらすことになる危険を過大視しすぎたのだろう。語られる演劇の上演（ではないまでも、作品）が、屈服することはなかった。それにしても、すぐれた批評家《オプセルヴァトゥール》、ボワロー（『書簡詩第七巻』、ラシーヌ宛て）やビュッシー＝ラビュタン（ルネ・ラパン師への手紙）は、堅実な演劇に対して危惧の念を抱いていた。

第九章　ポスト=ルネサンス――モリエール、ラ・フォンテーヌ、ボワロー

こうして、学識豊かな人びとも、娯楽〔気晴らし〕のための文学というジャンルを自分たちのものとして受け容れるように促された。それぞれの記述形式は、貴顕紳士《オネットム》の要求するところが模範とされた。十七世紀初頭、そのような制約があったわけではない。十六世紀にはもっと制約は少なかった。ラブレーやモンテーニュは、美を好み、悦ばしき知識を好んでいたのだ。われわれはこれから、オネットムの庇護下にある、何人かの「二流」作家と、三人のきわめてすぐれた作家について、述べていくことにしよう。三人の作家は、その独立不羈の存在で互いに似ているが、彼らが「ルイ十四世の世紀」に属しているにしても、また趣味の王国に従属しているにしても、そのことで彼らを十全に解明することはできない。

I　博識な作家

ピエール・ガッサンディ〔一五九二～一六五五年〕はフランス語では何も書かなかったが、彼の『エピクロスの生涯と性格』（一六四七年）と『哲学集成』（一六五八年、没後出版）は、フランソワ・ベルニエ〔一六二〇

〜八八年）に、ガッサンディの控えめな唯物論的思考と、デカルトとは異なる人間理性の限界を主張するガッサンディの考え方を広めようという気にさせるものがあった（ベルニエ『ガッサンディ哲学の概要』一六七四〜七八年）。モリエールとラ・フォンテーヌは、このベルニエの『概要』を活用している。彼ら以前に、二人の医師、ガブリエル・ノーデ（一六〇〇〜五三年、『マスキュラ』一六四九年のマザラン擁護文書）とギー・パタン（一六〇一〜七二年、『書簡集』没後の一六八三年に出版）がいて、ノーデはマザランの蔵書係、パタンはパリ大学の医学部長になった。彼らの精神的自由の一部は、ガッサンディに負うところがある。サヴィニヤン・ド・シラノ・ド・ベルジュラック（一六一九〜五五年）もまた、大胆な劇作家（『アグリピーヌの死』と『騙《だま》された衒学者』いずれも一六五四年刊行）であると同時に華麗な散文家（『書簡集』一六五四年）、かつ空想的〔ユートピアを夢見る〕韜晦家でもあった。彼の『月の諸国諸帝国』〔『月世界旅行記』〕（一六五七年）〔と『太陽の諸国諸帝国』〔『太陽世界旅行記』〕（一六六二年）〕[1]は、語り手があらゆる形態の自由思想を手ほどきする「喜劇的物語」である。これに対応して、風俗習慣に対する懐疑的な調査点検が続けられ、ソレル（前出四三頁、『フランス書誌』一六六四年）とラ・モット・ル・ヴァイエ（前出三八頁、『覚え書』と『田舎風六日物語』一六六九〜七〇年）の晩年の作品、そして、アントワーヌ・フリュティエール（一六二〇〜八八年）が『町人物語』（一六六六年）で専念したパリの町人階級《ブルジョワジー》風刺的解剖〔分析〕などがある。

（1）赤木昭三訳『日月両世界旅行記』、岩波文庫。

彼らはみな、確かな資質をもった作家だが、その文学的公正さに比べて、彼らに共通する思想が考慮されることは少ない。よき趣味というのは、彼らには平凡卑俗なものとしか思われなかった。彼らはなお、ルネサンス的人間の欲求、つまり、ある程度の反画一主義、見出されるべき思いがけない発見に満ちた人間学、上品ぶった気取りのない言葉遣いへの欲求を抱いていたのである。

Ⅱ　モリエール

思うまま自由に書くことができた（また、コメディアンであったため、アカデミーへの帰属という災いになる関係を免れた）ジャン＝バティスト・ポクラン、通称モリエール（一六二二〜七三年）も、三種類の制約に耐えなければならなかった。それは、劇団運営上の制約、宮廷の催し物《スペクタクル》という制約、そして、密かな思いだったが、それでもやはり重圧感のある「フランスのテレンティウス」たらんとすることの制約である。この挑戦は、一五年足らずのうちに、熱狂的な称賛（ラ・フォンテーヌ、仲たがいする以前のラシーヌ、とりわけまたボワロー『諷刺詩集』第二巻）と、激烈な敵意（宮廷貴族、医者、信心家）のさなかに、演じられた（一六五八年のパリ帰還と若き王ルイ十四世の愛顧）。

劇団運営は、モリエールの最も重要な責務である。というのも、彼は自分の一座の役者を養わなければならなかったし、青年期を終えるころ、この劇団運営という冒険（女優マドレーヌ・ベジャールとともに「盛名劇団」を結成〔一六四三年〕）に自己の才能を見出したからである。それ以来、モリエールは、この世紀のほとんどすべての戯曲——彼が演じたといわれているあまり出来のよくない悲劇さえも——の役柄を、そらんじることができた。

のちになって、モリエールは友人や、競争相手であるイタリア劇団の役者から多くのことを学び、イタリア人役者の所作や即興の才を採りいれ、また、何代にもさかのぼる王の治世の時代から、自分たちの職業が高貴なものであるという考えを受け容れた。

ようするに、モリエールは、演劇とはまさしく人生であり、また、われわれはそこでわれわれのあらゆる役割を果たす（モンテーニュを参照）という、ユマニスム的思想を継承しているのである。それを示すために、モリエールは——彼の空想から生まれた独創的な世界、笑劇的題材が突如五幕韻文の大作に変わった『女房学校』（一六六二年）を巡って——彼の観客を（彼らは『女房学校批判』の登場人物となる）、またモリエール自身も含め、彼の一座（彼らは『ヴェルサイユ宮即興劇』の登場人物となる）を、僅々一年（一六六三年）のあいだに、次々と舞台上に、役者として、呼び出している。[1]

モリエールのすぐれた諧謔《ユーモア》精神にもかかわらず、宮廷の催しは、彼にとって、ひとつの職務だった（フーケのために制作された寸劇〔舞踊喜劇〕で、ルイ十四世に認められた『うるさがた』（一六六一年）、五日間で急ぎ書き上げられた『恋の医者』（一六六五年）。前出『プシシェ』参照）。だが、なんと幸運な職務だったことか！　モリエールはそれを、『王への感謝』（一六六三年）で告白している。モリエールの「ミューズ〔詩の女神〕」は「侯爵」に扮して、おどけながら、大作家への道を切り開く。宮廷——その寛大な精神が、『女房学校批判』のドラントによって称賛されているが——は、あっさりしたものではあるが、しかし、上演されるときの滑稽さ、場面の思いがけない展開、そして、生きいきとした台詞まわしを目の当たりにして、知性を目覚めさせる、この率直な笑いの正統性を認めたのである。宮廷バレエは幕間劇を必要とした。モリエールはこれを名目に、彼が好んで演じた役柄のひとつ、最近パリ市民におおいに受けた間抜けで

（1）『女房学校』は大当りを取ったが、批評家、劇作家、役者の風当たりも強く、多くの非難攻撃を受けた。これに対して、モリエールは一六六三年六月に『女房学校批判』を、同年十月『ヴェルサイユ宮即興劇』を上演、対立するオテル・ド・ブルゴーニュ座の過剰な演技を批判した（「喜劇の戦い」と呼ばれる）。この論争により、モリエールの作劇法が明確になり、世に受け容れられることになった。

小心なスガナレル（『スガナレル、またはコキュ・イマジネール（寝取られ亭主と思いこんでいる男）』一六六〇年）の役柄を見直し、変更を加えている。『強制結婚』（一六六四年）で、モリエールは、強者の残酷さを防ぎきれない男として、スガナレルを再び採りあげている。同じ場面が、さらに過酷になって、『ジョルジュ・ダンダン』（一六六八年）にあり、そこでは、勿体ぶった田舎貴族にいじめぬかれる平民の不幸が見られ、それはまた、同じ一六六八年の『王のおおいなる楽しみ』にも描かれている。

　モリエールへの注文が、必ずしも、率直な滑稽さを対象としていたわけではなかったことは確かである。モリエールとしても、当節流行の喜劇や物語的《ロマネスク》悲劇においてと同様、恋愛を称揚し、この時期、激しく恋をしていた王を満足させなければならなかった。そういうわけで、ヴェルサイユ宮での祝祭『魔法の島の楽しみ』（一六六四年）は、『エリード姫』（一六六四年）、『ミューズたちのバレエ』『メリセルト』（一六六六年）、そして、一六七〇年の『おおいなる楽しみ』（モリエールによって構成された詩とバレエ）『堂々たる恋人たち』をもたらした。この連作には、散文で即興的に書かれた『シチリア人』（一六六七年）や、自由詩句で書かれた唯一の戯曲『アンフィトリヨン』（一六六八年）も含まれる。『アンフィトリヨン』は宮廷劇ではあるが、最初は宮廷で演じられることはなかった。というのも、ユピテル（ジュピター）の密通の成功（美しく、信仰深いアルクメーヌは、モンテスパン夫人に他ならないのではないだろうか？）が、序幕《プロローグ》で、夜の役がひけらかす恋の臆面のなさをみれば、疑いもなく、ルイ十四世とその「若さ宮廷」を思わせることになるからである。

　あらゆる芸術を結集して、モリエールは、長期にわたり音楽家リュリと協力して、このふたりが袂を分かつまで仕事を進める。この協働の頂点に立つ作品が、「コメディー・バレエ」の二作『プールソニャック氏』（一六六九年）と『町人貴族』（一六七〇年）である。

粗野なくせに、操り人形のように腰が弱い主役たち（そのひとりが、よく知られた、虚栄心の強いジュールダン氏（『町人貴族』の主人公）である）は、策謀家に手もなく騙されるのだが、しかし、舞踊《ダンス》の激しいリズムのせいで、すべてが陽気に運ばれる（珍奇な医者たち、例のあのトルコ風態度への揶揄、等々）。同じ筋立てで、同じ陽気さが、『デスカルバニャス伯爵夫人』（一六七一年）と『病は気から』（『気で病む男』）（一六七三年）にもみられるが、今度はリュリ[1]抜きのコメディー・バレエだった。様式は劇作家モリエールのもので、彼は独りになっても、このように、あらゆる詩想を総合することができたのである。

（1）シャルパンティエ（一六三六？～一七〇四年）が、音楽を担当した。

この「総合的催し物」の専門家《スペシャリスト》モリエールは、舞台芸術の職業的専門家という以上の者だった。宮廷——このすばらしい観察場——や社交界、そして、読書が、モリエールの作家としての才能を育成したのである。この比類のない「画家」（この「画家」というのは、当時、モリエールの当てこすりを恐れた人びとが振りまわした非難の言葉である）に、また、モリエールの登場までは知られていなかった滑稽さの創案者に、どんなレッテルであれ、たとえば「フランスのテレンティウス」といったレッテルを貼っても、おそらく何の意味もないだろう。あの時代はそうしたのだが、このレッテルは、モリエールの、この陽気な笑いは趣味人にふさわしいもので、それこそが真面目な楽しみ、叡智を伝達する楽しみである、という意味合いなのである。このような叡智は、エラスムス的伝統に由来するもので、エラスムスの『痴愚神礼讃』は、妄想に満ちた人間を描いているが、虚偽を拒否すること、中庸の徳を選びとること、節度ある「性格」を認識することによってのみ、この妄想から癒される、と述べている。モリエールはその当てこすりの標的《ターゲット》として、特定の個人ではなく、普遍的な類型《タイプ》を取りあげているが、それは人文主義的態度なのである。もし彼がこの徹底的に文学的な信念を抱きつづけなかったなら、催し物企画者にして宮廷人だったモリエールが『才女気取り』（『笑うべきプレシューズたち』）（一六五九年）や『女房学校』（一六六一年）ののち、あの膨大な一連の喜劇——『タルチュフ』（一六六四年初演、一六六九年刊行）、『ドン・ジュアン』（一六六五年）、『人間嫌い』（一六六六年）、『守銭奴』（一六六八年）、『女学者』（一六七二年）——を苦労して生み出すようなことはなかっただろう。『スカパンの悪だくみ』（一六七一年）は、テレンティウスへの忠実さを、そして、「イタリア風」従僕への敬愛を示す作品である。

先に挙げた『町人貴族』と『病は気から』が、『タルチュフ』に始まる連作を閉じる役割を担っている。どの作品の筋立ても、ごく普通の家庭、とはいえ、一家の主人（家長）の偏執によって——信心に凝り固まったオルゴン（『タルチュフ』）から病の恐怖に取りつかれたアルガン（『病は気から』）に至るまで——崩壊に瀕した家庭という枠組みのなかで展開される。こうした家庭の主人は、伝統的な喜劇に登場するぎこちない操り人形のような商売人ではなく、パリの安定した資産家で、社会的にもれっきとした暮らしを立てている人物である。それなのになんと、彼は自分の子供を頭ごなしに威圧して、自分の偏執を満足させるために役立つはずの結婚を子供に強要する。婚約者は押しやられ（タルチュフ、トリソタン（『女学者』）、ディアフォワリュス（『病は気から』）、等々）、若く美しい娘は哀れだが、彼女の小間使い（ドリーヌ（『タルチュフ』）、ニコル（『町人貴族』）、トワネット（『病は気から』）等々）に助けられる。しかし、このように図式化してしまうのは、モリエールを損なうことになる。モリエールの変奏《ヴァリアーション》は、このうえなく魅力あるもので（義母や従僕のあいだにみられる差異）、すばらしい芸当が次々と繰り出され（甘言を弄する悪しき法曹家、変装して身を隠す恋人）、完璧な笑劇にまで行き着くまでになる（テーブルの下に隠れるオルゴン、医者の扮装を身にまとうトワネット）。

妄想にふけることから目覚めることができるのだろうか？　エラスムスに較べて、社会的現実に対する依存度が高いモリエールは、エラスムスよりいっそう暗澹としている。モリエールの紳士たちは誠実さ〔善意〕という、ひとつの武器を握っている。モリエールの「理論家〔議論好き〕たち」は、たとえ先入見に取りつかれた偏執者を説得できなくても、少なくとも、良識と言葉によって、自由な空間を切り開く。それはしばしば、叔父たちの役割で（クレアント『タルチュフ』からベラルド『病は気から』に至るまで）、彼らは、信頼できる召使たちに手を貸してやる。しかし、狂気を前にしては、残されている武器はひとつだけかもしれない。つまりは、決定的な自己喪失、幻想への沈潜である。ジュールダン氏やアルガンをめぐる情景が描く領域は、劇作家モリエールの分身たる「理論家たち」によって、周到に準備されているのである。しかし、こうしたドタバタ変装劇の成功は、喜劇に対する絶望からもたらされたのではない。

そうではなく、逆なのだ。それは保護用仮面、剥ぎ取ってはならない仮面なのである。役者は、小部屋の男が彼だったと確証するために、巧みに配置されている。『ドン・ジュアン』や『人間嫌い』の筋立ては、一家が落ち着きを取り戻し、若いカップルの幸福を保証して終るのではない。それは、脅威にさらされている貴族階級の喜劇、つまり良心をまったく欠いている典型的人物ドン・ジュアンよって脅かされている田舎「領地持ち」貴族の喜劇、「廉直な」アルセストの偏狭な気難しさとメランコリーの発作によって脅かされている都市貴族の喜劇なのである。こうしたことを通じて、モリエールは宮廷に対して、放蕩の誇示や無作法な荒っぽさよりも道義や文明化のほうが人に好まれることに、注意を促している。確かに、完全なものは何もない。信望厚いサロンの常連のあいだでも、農民や商人たちのあいだでも、同じように、卑小さや悪意がはびこっている。しかし、偽善がすべて必ずしも虚偽というわけではない。抜け目のないアルシノエ『人間嫌い』や伊達男の策略に対抗して、モリエールは、仲裁役のふたりの主要人物――フィラントとセリメーヌ――を登場させている。彼らの仮面に、渋面はない。彼らの優雅さ、彼らのよき趣味は、社会生活に味わいを与え、その生活を好ましいものにするのである。

III　ラ・フォンテーヌ

モリエールの作品とまったく同様に、『寓話』は人間を映す鏡である。しかし、ジャン・ド・ラ・フォンテーヌ（一六二一～九五年）は、演劇を含め（テレンティウスを翻案した『宦官』一六五四年から、頓挫したオペラ『ダフネ』[1]一六七四年、悲劇『アストレ』一六九一年まで）、ほとんどすべての詩的ジャンルに打ち込み、厳粛であると同時に優雅でもあるという理由で、遅ればせながらアカデミー入会の資格を得た（一六八四年）。マレルブ（格式ある韻文）や、とりわけシャプランのように厳粛なラ・フォンテーヌのうちに、「詩」という名目で、一六五〇年（フロンドの乱）の人びとの勇壮な野心が持続していたのだ（科学の制覇について『カンキナ』（『キナ頌』）一六八二年、聖人伝『聖マルクの捕囚』一六七三年、神話『アドニス』一六五八年、テオクリトス[2]とオウィディウスの摸作、一六八五年）。半世紀以上にわたる学問的な詩と宗教詩は、ラ・フォンテーヌに、熟達した詞華集作家を見出したのである（八七頁）。ラ・フォンテーヌは、艶めいてもいる。フーケに献じられた『アドニス』は、ウェヌス（ヴィーナス）の嘆きで終っている。これはのちに、彼自身の考えで書いた悲歌《エレジー》（一六七一年）への前奏曲、それ以前にまた、投獄された（一六六二年）彼の庇護者フーケを弁護するために勇気をもって書いた悲歌（『ヴォーのニンフへの悲歌』）の前奏曲でもあった。一六六〇年前後のヴォーは、趣味の時代の中心地のひとつだった。スキュデリー兄妹をめぐる社交界人士がここにひしめいていたし、ラ・フォンテーヌはヴォーの城館とその象徴的な庭園を称賛している

（『ヴォーの夢』）。

（1）『ダフネ』はリュリに拒否され、『アストレ』は上演されたが、不評だった。
（2）テオクリトス、前三〇〇頃～前二五〇年頃、古代ギリシアの詩人、牧歌の創始者とされる。

これらの「才子たち《プレシュー》」は、諧謔と多彩さを助長する、散文と韻文の混合を好んでいた。ラ・フォンテーヌは、この形式を借りて、彼の「パリからリムーザンへの旅」を妻宛に（一六六三年の『手紙』〔『リムーザン便り』〕、没後刊行）詳細に語っている。さらにまた、一六六九年に、彼の作品のなかでも最も魅惑的な『プシシェとキュピドンの恋物語』——これは、「詩編」（情熱を背景とした、智慧と幸福の寓意）であると同時に、ちょっとした小説（恋愛物語の手法、つまり、急激な展開と直情的な語調）でもある——を書いた。この物語のすばらしさは、親しみやすい、くだけた調子で論じられていることだが、微笑をたたえた語り手の存在と、選ばれた友人の集まりで交わされる文芸批評の卓抜な論議が、さらにこの印象を強めている。

『小話《コント》ならびに韻文で書かれた物語《ヌーヴェル》』（四部、一六五五年、六六年、七一年、七五年）では、相当な「大胆さ」と「放縦さ」（これらの語に含まれる、あらゆる意味合いで）が注目される。これらの作品は、主としてアリオストやボッカチオから「引き出された」ものだが、しかしまた、フランス語の散文の伝統（たとえば、マルグリット・ド・ナヴァール）全体からもまた引き出されている。ヴォーの友人の、よき趣味の主張に、ラ・フォンテーヌは、いささか味気なさすぎると感じたのだろうか？ 笑劇的なモリエールの率直な笑いに対して、ラ・フォンテーヌの『コント』では、あからさまな自然の激発が呼応している。これらの『コント』は、社交界のいわゆる「自然らしさ」を気にかけてはいないし、作中でサロンの要人に出会うこともない。嫉妬深い夫とあだっぽい妻、好色な僧侶、手練手管にたけた色事師が、性を語り、率直にかつあからさまに性を営んでいる。八音節詩句と一〇音節詩句で書かれた嘲笑的な作風は、予想されるこうした物語に、意表を突くことのないリズムをもたらしている。もっとも、ヴォワテュールなら、もし彼がこうしたことに身を入れたとすれば、もっと快活に語っただろうが。ラ・フォンテーヌが最も好んで、模範として仰いだクレマン・マロの系統に自分を位置づけるのは、即興的に介在するのを楽しんでのことである。これらの『コント』が最も大きな成功を収めるのは、十八世紀、したたかな放蕩者が乱行を一種の義務とでもいったものとするようになったときである。

十七世紀のどんなフランス詩にも、「寓話詩」が加わるようになると予測させるものは何もない。ギリシア人アイソポス〔イソップ〕や古代ラテン人パエドルス(1)の権威のお墨付きを得て、寓話は子供たちに暗誦させたり、作文の課題にしたりするのにうってつけの、ちょっとした学校用教材だった。近世ラテン語で書かれたものであれ、各地域の俗語で書かれたものであれ、ルネサンスは多くの寓話作品を生み出した。しかし、フランス語のものとしては、アカデミー会員オリヴィエ・パトリュ(一六〇四～八一年)は、散文で書かれた寓話しか考えられなかったし、ボワローの『詩学』には、寓話という項目が割り当てられることもなかった。ラ・フォンテーヌによって、この寓話というジャンルが韻文化されたのは、彼のもうひとつの大胆さを示すもので、それは知的な大胆さであって、自由詩と、当時の社交界の趣味の気晴らしとなった滑稽文学様式〔ビュルレスク文体〕(2)の進展によって、幾分か準備された(これはあとになってわかったことだが)大胆さである。

(1) パエドルス、前一八頃～後五五年頃、ローマ帝政期の詩人。寓話を詩形式で書いた『アイソポス風寓話集』がある。
(2) 高尚な題材と卑俗でくだけた調子との対照で滑稽味をねらった文学様式。

『韻文で書かれた寓話選集』は、王太子に献じられた第一集(一六六八年、第一巻～第六巻)に始まり、これには約一二〇編の寓話が収録され、それぞれの物語の冒頭に挿絵がつけられている。こうした構成は、教育的な分野のものであること、また寓意的な文集であることを示すために、ルネサンス以来の既定の枠組みである。読書の楽しみのため、韻律は絶え間なく変化し、語彙《レクシック》と構文《サンタックス》は多彩なスタイルを採りいれ（擬古文体で飾りたてられてもいる）、語りの場面（傍白〔わきぜりふ〕、演説、間接話法を用いて、物語から対話までを含む）はひとつとして同じではない。寓話とは、子供には、「教訓」をわかりやすく物語る寓意的なたとえ話であり、短い冒険物語に先立って、あるいは後ろに置かれたこの教訓は、物語の意味を説明している。大人には、機知に富んだ警句、実際にありそうな、辛辣な物語であり、賢人の饗宴の際に即座に理解され、また、人間精神の不安を反映して、その数々の矛盾、暫定的な決着の物語である。そこには、二通りの読み方が見出される。これは、寓話の本質に合致する。ひとつには教育的なものであり、他方、用心深い人間の秘められた考えを伝達する手だてでもある。

なかば哲学的なものなので、寓話はソクラテスによって実践されたことと自讃する（一六六八年の序文もそうすることを怠ってはいない）ことができる。ラ・フォンテーヌの野心のほどが推測されるが、その野心は第二集（一六七八〜七九年、第七巻〜第十一巻）で満たされることになる。作家ラ・フォンテーヌはそこで、自分の間然するところのない作風を保持しているが、しかし、さらに広範囲に視野を拡げている。ラ・フォンテーヌの日々の暮らしの面倒をみた、機転が利き、学識もある女性、ラ・サブリエール夫人のサロンに集う客たちによって、広い視界——インドから伝わったアラビアの寓話（これは作家「ピルペー」[1]の『光の書』のことである）、実験的自然学、ガッサンディ哲学、等々——が、ラ・フォンテーヌの前に開かれた。ラ・フォンテーヌの寓話詩は、書簡体詩並みの長さになった（ほとんど書簡詩問と言いうる「人と蛇」、「ダニューブ川のほとりの農民」、完全な書簡詩で、デカルトの動物機械論に反駁した「ラ・サブリエール夫人への論説」）。さらに、今回もまた、その対象は王族の子ども（メーヌ公〔ルイ十四世とモンテスパン夫人との子、当時、九歳だった〕）であるのに、田園恋愛詩（「ティルシスとアマラント」）や悲歌（「二羽の鳩」）形式で、恋愛の喜びと苦しみに大きなスペースを割いていることを、モンテスパン夫人への献辞で釈明している。

（1）インドの伝説的なバラモン僧、ビドパイ（フランスではピルペーと呼ばれた）。『光の書』は一六六四年、アラビア語訳からフランス語に翻訳された（第二集の「はしがき」、今野一雄訳『寓話』下、岩波文庫、また市原豊太訳『ラ・フォンテーヌ寓話』、白水社、訳註参照）。

ラ・フォンテーヌの寓話は、「嘘」（進んでホメロスを引き合いに出す創作上の演出）、「夢」（というのも、眠りの心地よさ、芸術作品へのさりげない言及、詩句の慰安は、読者を詩人の加担者になるように誘い込むからだが）であると同時に、智慧でもある。この点については、解釈が分かれる。いささか幼稚なイソップの亜流ではないか？ それは見かけ上でのことにすぎない。洗練された社交界人士の快楽主義だろうか？ おそらくそうだろうが、しかし、もっと厳格な色合いの濃い快楽主義（「楽園の哲学」）、また、来世の問題についてのただならぬ不安感、孤独への強い欲求を伴った快楽主義である。「空の空」[1]、そして、あらゆる幻想の拒否なのだろうか？ たぶん、その通りだろう。というのも、ソロモンの『箴言』が寓話の呼びかけに呼応しているからだ。とはいえ、『箴言』の無情さを拒否するラ・フォンテーヌの『寓話』は、幸福の感覚を失ってはいない。

（1）「伝道者曰く、空の空、空の空なるかな、すべて空なり」（旧約聖書「コヘレトの言葉」（伝道の書）第一章）。

ラ・フォンテーヌの『寓話』は、ラブレー以来、「滑稽《コミツク》」小説以来、よく知られている、あの逆さまの世界、もはや気晴らしになるものは何もない世界というトポス〔場所〕で、動物から人間への（あるいは、その逆の）

荒唐無稽な語り口によって、滑稽さに対する心の琴線を振るわせるのである。しかし、ラブレーの楽しみは、ヴォワテュールやオノレ・デュルフェといった人たちによって、書き直されている。つまり、簡潔な文体の信奉者、意識的な詩学者《ポエティシアン》（寓話の題目を参照のこと、とりわけまた、『ユエへの手紙』一六八七年、これは紛れもなくラ・フォンテーヌの書き方である）、オウィディウスに深い影響をうけた神話愛好者で恋愛詩人によって。「なぜならば、宇宙の万物はものを言う」〔市原豊太訳〕。この『寓話』第十一巻の結びにある標語は、第十二巻〔『寓話』第三集〕（一六三九年）に当てはまる。第十二巻では、その誠実な讃美者フェヌロンを介して、寓話作家ラ・フォンテーヌは、将来の君主ブルゴーニュ公〔ルイ十四世の王太孫、当時十一歳。一七一二年、ルイ十四世に先立って逝去〕に語りかけ、ラ・フォンテーヌ自身の智慧の最終的な立場（「裁判官と看護者と隠者」に加えて、詩的神話（「フィレモンとバウキス」、「ミネの娘たち」、等々）も動物譚（「鴉と羚羊（かもしか）と亀と鼠」で、最大の愛情をこめて、ラ・サブリエール夫人をたたえている）と同じくらい含まれている、この第三集を公に献上した。

IV　ボワロー

ラ・フォンテーヌと同じく、ニコラ・ボワロー゠デプレオー（一六三六〜一七一一年）は、「優美さ《グラース》」の作詩家である（彼のホメロス讃美、『詩法』第三巻、二九九）。しかし、パリの有産市民である彼の年金収入、ジャンセニスト的な独立不羈な精神、そして、激しい気質が、当初から、ボワローに社交界の流儀に対する敵意を抱かせた（スキュデリー嬢に反対し、ボワローの最初期の諷刺詩のなかでの、気取った詩人の愚かな言行譚『小説の登場人物の対話』一六六六年?)。ボワローの見解では、優雅さは気取った上品さ《ギャラントリー》のうちにあるのではない。また、『詩法』(一六七四年)では、ホラティウスに由来する、あの単純な考え方、勤勉な作家の報酬たる理性と真理が道徳の原理であるという考え方を、熱意を込めて広めようとしている。『各種著作集』〔『D氏著作集』〕と題された同じ巻のなかにある『叙述における崇高あるいは驚異について』〔『ロンギノスの崇高論翻訳』〕は、ロンギノス(三六頁)の翻訳だが、この教えを補完するものである。そこではつまり、優雅さは、けばけばしさを厭うもので、節度ある高貴さ(一三七頁)のうちある、とされている。ボワローは、ギヨーム・フモワニョン高等法院院長の文学研究会に頻繁に顔をだしているが、このサークルでは、ホメロスを聖書に近づけることのよって、ボワローの主張を支持したのである。

ボワローは、詩人としては、壮大な様式のものには手を染めていない。彼はみずから、この留保を自分の誠実さによって説明している。この点では、ボワローは社交界の人びとと似ているのだ。ボワローの乏しい創造力〔霊感〕では、長大な詩作品を創作することができないし、彼の変わりやすい精神や会話の能力は、すばらしい想像作品《フイクション》を描こうという気を起こさせることなく、小さなスケッチを素描するように促したのである。それでも、ボワローの最初の『諷刺詩』九編(一六五七年から六七年にわたって書かれ、六八年にまとめられた)は、文芸批評(シャプランに反対し、モリエールを支持している)や道徳的考察(人間の狂気、気高さ)を経て、現実(人間の暮らしぶりの情景を描いた、諷刺詩第一、第三、第六)から想像力(我が身を思い、嘲弄する作家の内面の対話、諷刺詩第九)へと向かうカーブ〔進展〕を描いていないわけではない。これらの諷刺詩は、ユウェナリス〔ローマ帝政期の諷刺詩人〕ばりの、激越ではあるが、過剰な憤怒で人を苛立たせる手法から次第に離れ、都会的な洗練された品の良さとホラティウス風の筆致——嘲笑的ではあるが、さほど悪意あるものではない——を採用するようになった。というわけで、一六六六年頃には、多くの敵対者たち（キノー、コタン、ブールソー、等々）を集結させてしまった、若き猛犬ボワローも、穏やかになったのである。

嘲罵による誠実さから率直な物言いによる誠実さへの移行、これが、ホラティウス風談話の節度ある表現形式をとった『書簡詩』（九編、一六八三年。すでに七〇年には最初の書簡詩が書かれている）である。この路線変更は多く、宮廷から厚遇されたことによるもので、国王への感じの良い讃辞（書簡詩第一、第四、第八）に対して、宮廷は、修史官への任命（一六六七年、ラシーヌとともに）をもって応えている。ボワローはまた、モンテスパン夫人の庇護も得ている（「崇高の間」のエピソード、ボワローはそこで、著名な作家たちのあいだに、その姿を見せている）。無論、それは、現実の宮廷より象徴的な宮廷、神に選ばれた宮廷であって、国王は平和の王、正統性と公正さは黙想のうちに高まり（書簡詩第二、第三、第四）、そして、君主の側近は最もすぐれた通人たちに紛れ込んでいる（書簡詩第五、第九）。モリエールを思わせるような、この最後の論点は、『諷刺詩』を引き合いに出すことで、作品全体の評価をいっそう高めることができるものである。ボワローは、その時代の真実を語る証人としての身の丈を備えている。

しかし、この洗練された精神の持主ボワローは、笑うことが好きなのだ。ただし、それはあらゆる陰険さを避けられればの話だが、と彼は言っている。友人のラモワニョン・サークルの人びとを楽しませるために、ボワローは、滑稽詩にある「恥知らず」なところを斬り捨て（『詩法』第一巻、八一）、サン＝タマンの「英雄滑稽詩」を刷新することを自分の任務としている。それで、『譜面台』という「詩」（六つの「歌」からなる滑稽叙事詩。一六七四年〔第四歌まで〕、八三年〔第六歌まで全編が刊行された〕）が書かれた。これは、叙事詩の装飾性（前兆的な夢、寓意の介在）を保持しながら、パリのサント＝シャペルの司祭たちのあいだで勃発した――実際に起きたことだが――備品と書物をめぐる小競り合いを叙述したものでである。パロディー芸術の、この小さな珠玉の作品は、作者ボワローの同じジャンルにおける他の成功作(『諷刺詩』の数箇所、『被り物をとったシャプラン』、『滑稽な判決』)に加えられ、彼を「勿体ぶった」ボワローという誤ったイメージから、その正当な位置におくことを容認するものである。彼が軽佻浮薄な、と断じている時代にあって、ボワローは多くの場合、孤立し、理解されることのない作家だった。

第三部 「才気」過剰?——一六七五〜一七一五年

一六七五年から一七一五年まで、「論争」に明け暮れたこの四〇年は、根底的な、文学の新しい価値を引き出すことはなかった。どんなものであれ引きつづき流通し、そうした諸潮流の集大成《サンテーズ》を確固たるものにする「古典主義」が、十八世紀中葉から末期に至るまで、フランスのあらゆる作家に強いられることになる。この論争は、「古代派」（これは相手側から押し付けられた蔑称だが）に、「近代派」（こちらのほうは仲間うちで主張された栄光の称号である）を対立させた。文人の生活は、こうした呼称をめぐって身動きが取れなくなる恐れがあった。シャルル・ペロー（一六二八〜一七〇三年）の『芸術と学問に関する古代人と近代人との比較』（『新旧比較論』）（四巻、一六八八年〜九七年）が、これらの呼称を確定的なものとした。ペローはすでに、詩作品『絵画』（一六六八年）を含む『著作選集』（一六七五年）や反ラシーヌ論、キノーならびにオペラ擁護論など（一一二頁）で知られていた。

第十章　試練に立つ「古代派」

I　先導者

ラ・フォンテーヌには、また、ラシーヌにさえ、攻撃的精神は備わっていないのだが、後期の作品はやはり、この状況のうちに組み入れられている。現に行なわれている論議について調停的な、ラ・フォンテーヌの『ユエへの書簡詩』は古典古代を模範とすることによって現在の豊かさが生まれる、という考えをはっきりと述べている。また、一六八四年の書簡詩『ラ・サブリエール夫人へ』（しかも、これはペローに称賛されている）では、プラトンに依拠して、われわれの「パルナソスの蝶」〔ラ・フォンテーヌ〕の移り気を弁護している。(1)

（1）ラ・フォンテーヌは、フーケ、ラ・サブリエール夫人など、多くの名士の邸宅を渡り歩いて寄食生活を送り、作家としても多様な作品を書いた。みずからを、蜜を求めて花から花へ飛び移る「パルナソスの蝶」になぞらえた。パルナソスは、アポロンと詩神（ムーサイ）の住んだと伝えられる山。

しかし、歴史が「古代派」の最も典型的な人物として記憶にとどめたのは、その長命のせいもあって、とりわけボワローなのである。かつての「若き猛犬」ボワローは、ペローが満場のアカデミーで、古典古代に対して無礼と思われなくもない宣言詩《ポエム・マニフエスト》「ルイ大王の世紀」（一六八七年）を朗読した、その日か

ら、再び論戦の熱気を取り戻した。いくつかの風刺的短詩《エピグラム》は別にして、論争のその後の展開は、ボワロー側から即座に出版物で応酬するようなことにはならなかった。ボワローはラシーヌと文通し、ラシーヌの『ポール・ロワイヤル史概要』執筆を助けている。激しい「論争」は、亡命中のアントワーヌ・アルノーのボワローに対する共感をもたらしたが、ボワローにとっても、自分の辛辣さを調整し、その作中人物のそれぞれの特徴を抜本的に再構成する、よい機会になる。

　こうした生気に満ちた老年のうちに、諷刺詩と書簡詩との、詩人と詩評家との相補性が再確認される。さらに、老齢に達したボワローは、かつてのコルネイユと同じように、絶えず、自分の労作を集大成しようと思っていたが、これは二度にわたる出版によって達成された。一七〇一年版は、「愛蔵版」と称され、註はないが、想像力、趣味、そして、理性と真理の古典主義的概念について書かれた輝かしい『序文』が付いている。没後に刊行された一七一六年版には、彼の弟子ブロセットがこの版のために、長年にわたって書き上げた註釈が付けられている。それはさておき、ボワローの年譜に戻ろう。一六九四年の『各種著作集』（七四年の題名が再び使われていることに留意しよう）に見られる斬新さは、一六九八年の『新書簡詩集』と対をなしている。この『新書簡詩集』には、律儀で勤勉な隠遁生活を送る詩人ボワロー（新書簡詩、第十「我が詩句へ」、第十一「我が園丁へ」）、そして、誠実であつい信仰心を抱いた詩人ボワロー（第十二「神の愛について」）が、その毅然とした姿を現わしている。

　これらの書簡詩は、その清澄さで、一六九四年の『各種著作集』に収録されている戦闘的なテクストと際立った対照をなしている。論争が最高潮に達したとき、ボワローは彼の論敵に好意的な女性サークルに対する攻撃的記述（諷刺詩第十）に没頭し、さらに、彼の『オード論』（かなり不出来な『ナミュール占領についてのオード』への序論）で、ペローの『新旧比較論』のなかで最も激しく彼の感情を害した点を

告発している。すなわち、『新旧比較論』では、「古代の最も偉大な作家たちが凡庸な精神の持主として、シャプランやコタンの輩《やから》と同列に論じられるが如き人物として扱われている」。そういうわけで、近代主義は何が何でも美的観念と同時に道徳をも毀損しようとしている。つまり、階層秩序を、価値観を覆すことなのだ、と。とりわけ、この著作は『ロンギノスについての考察』〔『ロンギノス考』〕の最初の九編を収録している。この『ロンギノス考』は、お粗末な古代ギリシャ研究者ペローの誤りを指摘することを中心に構成されているが、しかし、そうした狭量な態度にまさって、詩の美しさについての検討（『考察』第七）と、思慮に富んだ時の経過——時を経ることで、のちの世の人びとは、すぐれた作家たちを見分けるのだ——についての検討がなされている。このような、ロンギノスの批評に対するボワローの忠実さと、フランス文学の的確な実例への自説の適用は、没後に刊行された『考察』第十から第十二（一七一三年）にも見られるところである。

他方、神の言葉の僕《しもべ》たるボシュエ（一六二九〜一七〇四年）は、自分の死後のイメージを気にしてはいない。厳格主義者ボシュエは、ボワローに、曖昧な表現に反対する厳しい攻撃文を書くように勧奨した。ボワローの『諷刺詩』第一二は、パスカルの『田舎の友への手紙』と同様、弛緩した神学を、従ってまた、イエズス会を告発している。モーの司教ボシュエの目には、近代派の世俗的精神は、国外から伝来したカルヴァン派の反逆精神（カルヴァン派の牧師ジュリューへの反論『プロテスタントへの警告』一六八九年〜九一年）や、あらゆる種類の知的大胆さと混じりあうことを目的としているように映ったのである。ボシュエは、聖書釈義学者リシャール・シモン（一六三八〜一七一二年）に反対して、聖書の正統的解釈を擁護した（未完の『伝統ならびに聖父〔ローマ教皇〕擁護』）。ボシュエはまた、演劇を風俗頽廃の動因として、激しく非難し（『劇についての箴言と考察』一六九四年）、さらに芸術と学問全般にわたって激越な非

難を浴びせている（『邪欲論』〔現世的快楽への欲望について論じられている〕一六九四年頃、一七三一年刊行）。とはいえ、これほど戦闘的なボシュエは、近代派が政治に関しては保守的であることを、他の誰にも況して、よく看破していたし、ペローの友人であり続けたのである。

この時代の上流社会のあいだで、ボシュエの演説家（説教家）としての威信が揺らぐことはなかった（数々のすぐれた追悼演説、説教『教会の一致について』一六八一年）。ボシュエの協力者だった作家たちは、彼の該博かつ熱烈な言葉を受け継ぎ、そこからさらに、彼の文学的影響力を広げていった。すでにその名を挙げたユエ、クロード・フルーリ師（一六四〇〜一七二三年）、彼は古代人の素朴さに魅せられ（『古代イスラエル人の習俗』一六八一年）、やがて『教会史』（一六九〇年〜一七二〇年）を書くことになる。そして、若きラ・ブリュイエールと、とりわけフェヌロンは、ボシュエの愛弟子である。しかし、ボシュエはある特殊な問題点、すなわち、静寂主義《キエティスム》（魂を神へ委ねることを、極限まで推し進める教義）をめぐって、フェヌロンと袂を分かたなければならなかった。良心的動機から、とはいえ、いささかとげとげしく、ボシュエは高圧的な神学者の姿を見せ（『祈祷身分の教化』一六九七年）、そのうえ、悪意ある誹謗文書の書き手という姿さえ見せている（『キエティスムについての報告』一六九八年）。こうしたカトリック教会内部の緊張は、ボシュエにとって、このうえない最大の試練だった。

Ⅱ　ラ・ブリュイエールとフェヌロン

一六九三年に、ボシュエの最も優秀なふたりの弟子、ラ・ブリュイエールとフェヌロンが相次いでア

カデミー・フランセーズの会員になった。彼らのアカデミー入会演説は画期的なもので、互いに補い合っている。唯一冊の書物（『レ・カラクテール（人さまざま）』）の著者にして、論争的なラ・ブリュイエールは、古代派のアカデミー会員しか称賛せず、その序言で、近代派に対して憤怒の声を放っている。洗練された貴族主義者、豊かで多彩な作品を期待されたフェヌロンは、アカデミーの導き手（七五頁）ペリソンという象徴的人物を拠りどころとして、終らんとするこの世紀の偉大な文学的道程を強調し、趣味の時代が続くことを要望した（『アカデミー・フランセーズ入会演説』）。

まばゆいばかりの想像力にはもはや、精神の名は与えられておりません。その名は、規則に従い、正確に描く天才にとっておかれるのです。彼は、すべてを感情に変えて、つねに素朴で優美な自然に沿って少しずつ歩み、あらゆる思考を理性の原理に立ち戻らせ、真実であるもののみを美しいと思うのです。

ここに、十七世紀六〇年代と七〇年代の文学の歴史が辿られている。次に、来るべき二〇年のための警告がある。

この時代に、華美な文体は、それがどれほど甘美で快いものであっても、凡庸なジャンル以上のものへ高まることは決してできない、そして、真に崇高なジャンルは単純素朴なもののうちにしか見出されない、と感じられています。

「凡庸なジャンル」、「華美な文体」といった近代派の過ちは、社交界の優越性や才人が、娯楽文学の楽しさをフランスに根づかせたと認めた点にあるのではない。獲得したと思われているのは、事実である。彼らの過ちは、幻想を抱いていた点にあるのだ。フェヌロンとその師たちは、一六五〇年代、六〇年代のやり方で満足することや、ヴォワテュールやサラザンといった作家を踏襲することでは充分ではない、と考えていた。ホメロスの気品《グラース》、聖書に類似した飾り気のない文体の偉大さが、求められている創造のためには、最も確実な手立てとなるだろう。フェヌロンは、二重の教え――ボワローの、どちらかといえば理論的な教えと、ボシュエの実践的な教え――を広めたのである。

徹底的な古代派であるジャン・ド・ラ・ブリュイエール（一六四五～九六年）は、ラ・フォンテーヌにおけるアイソポスのような、素っ気ない教科書的な古代作家テオフラストス――「カラクテール」（すなわち、ありのままに素描した短い人物像（ポルトレ）と、道徳的傾向のある作品（『カラクテレス』））の著者――を手本にしたことをひけらかしている。ラ・フォンテーヌと同じように、ラ・ブリュイエールも彼の手本を、破裂させるほどまで、拡大した。

『レ・カラクテール（人さまざま）』、あるいは当世風俗誌』（一六八八年刊行の初版には四五〇項目が収録されたが、九四年の第八版では一一二〇項目に増加している）は、「エセー（試論集）」、「パンセ（断想集）」であり、「マクシム（箴言集）」でもあるが、簡潔な文体と、断章によって構成された数ある作品のなかでも、最も名高いもののひとつである。この謎めいた、読者へ呼びかけ、絶えず問題を再検討する散文作品と、生物不変説的アリストテレス哲学に依拠し、各個人が、もうそこから変化しないように、はっきり決定されたカテゴリーに収まることを前提とする、伝統的な「性格論《カラクテール》」とのあいだには、際立った緊張が存在する。

この一六章から成る――加えて、すぐれた批評の確実な原理を想起させるために書かれた最初の「精

神の仕事」が含まれている——書物、ラ・ブリュイエールの『レ・カラクテール』のどこで、繊細さや偉大さが発揮されうるのだろうか？　全体のプログラムで、また、悪意ある叙述で、である。

まとまりのあるふたつの項目が続く。最初のものは、「君主について、あるいは国家について」で終る国王への讃辞に至る。それはまた、個々人の長所《カリテ》から始まり（「個人の長所〔真価〕について」〔第二章〕、「女について」〔第三章〕、「心情について」〔第四章〕）、ついで、社会的空間の様々な場——社交、財産、都市、宮廷と大貴族——を通り抜けていく。慣例的結末は、旅の気晴らし、逗留地での予期せぬ出来事や出会いによってしっかりと補われている（ここには、人物描写が隠されている。すなわち、コンデ公〔グラン・コンデ〕とされるエミル、密かに不品行をしているグリセール、「何もかも読み、何もかも見た」アリアス、博学者エルマゴラス、あるいは、対照的なふたりの姿、富裕者ジトンと貧者フェドン、利権屋と文人）。無知な捜査官の見せかけの無邪気さ（「ある地域について語る……」、これは宮廷のことである）。

第二に、「人間」から「神」に至る行程がある。終りの二章「説教壇について」〔第十五章〕と「強い精神について」〔第十六章〕が精彩に欠け、期待を裏切るものであることは、事実である。精彩あるところは、これに先立ついくつかの章にある。「人間について」〔第十一章〕、「判断について」〔第十二章〕、「流行について」〔第十三章〕、「いくつかの習慣について」〔第十四章〕などの章には、人間の悲惨を描いたパスカルの紙片の綴り〔断章〕とまったく同様に、アウグスティヌス的な厳格さがある。また、神を欺く偽信心家オニュッフルは、この本の中程で〔第十一章〕、メナルクやグナトンによって開示された、一連のエゴイスト肖像集《ギャラリー》の頂点に立つ人物である。これらの名前はすべてギリシア風で、モリエールがよく用いたやり方だが、モリエールの場合と同様、実際には同時代人のことで、いくつもの「鍵」〔これらの名前に相当する実在の人物の名を示した小冊子、謎解きの鍵〕がこれを証明している。

問題とされるのは、したがって、この「滑稽な」書き方が諷刺のうちに干からびてしまうのを避けることができたかどうか、ということである。そこに辛辣さはあり、これは往々にして、ブルボン公（グラン・コンデの孫）の学識ある家庭教師として、ラ・ブリュイエールが宮廷で受けた屈辱感によって理解されるかもしれないが、しかし、喜びのほうがこの作品を支配している。それはすなわち、あの洗練された格調の高さと節約によって、あれほど多くの人類学的珍品を蒐集することができたルネサンス的人間の喜び、茶番（宮廷の操り人形を見よ）を演じ、もじり《パスティッシュ》（ラ・ブリュイエールは、モンテーニュの一節を模倣した）を用い、自分でもわけがわからなくなるほど隠喩に富んだ文章を操ることができた、ひとつ前の世代の人びとに似つかわしい喜び、目覚めた読者たちの暗黙の了解を求め、すぐれた趣味——気取った趣味とは異なった——が、文体への配慮と同時に、思考の高潔さ《ジェネロジテ》を前提にしていることを確信し、真実を語る誠実さの価値と、女の才知の真価をたたえる、彼と同時代の人びとの喜びである。近代派が、ラ・ブリュイエールの近代派に対する軽蔑に、嘲罵で応じても無駄だろう。ラ・ブリュイエールは、すぐれた社交界人士の遺産が近代派の陣営に受け継がれることはなかった、ということをよく知っていた。そして、彼は近代派を「衒学者と気取り屋の混ぜ合せ」として戯画化したのである。

フェヌロン（フランソワ・ド・サリニャック・ド・ラ・モット、一六五一〜一七一五年）は、その説教師的教養によって、王位継承者（ブルゴーニュ公）に古典主義の精髄を伝えようと決意していた。若き聖職者フェヌロンは、説得に関する古代の豊富な知識を得ることによって、言葉《パロル》について、と同時に教育についても（『雄弁についての対話』一六七九年頃、刊行は一七一八年、『女子教育論』一六八七年）考察を深めている。『キリストのまねび』（『キリストに倣いて』）、聖フランソワ・ド・サル、等々の、聖書に基づく該博なキリスト教的教養が、フェヌロンを『霊的作品集』（一七一八年刊行、それ以前に異本が出ている）へと導い

た。こうした作品は、著者フェヌロンとその追随者たちを、自己放棄と幼児《おさなご》の如き心《エスプリ》へと導いた。この世の幻想を拒絶するように鍛えられたフェヌロンは一時期、「静寂主義」の疑いをかけられたギュイヨン夫人にその身を託し、ついで、ボシュエがみずからの宗教的正統性への配慮を劇的に推し進める必要があると考えたとき、自分自身を弁護することによって、ギュイヨン夫人を擁護した（『聖者の箴言解説』一六九七年、『「静寂主義に関する報告」への反駁』一六九八年）。

このスキャンダルのせいで追放されたフェヌロンは、その任地カンブレーの大司教区で、霊的指導者として、また、アカデミー会員として、高い声望を保ちつづけた。『アカデミーへの手紙』（一七一四年）は、アカデミーの終身書記ダシエの求めに応じて、アカデミーが行なうべき仕事について論じられている。フェヌロンは、十七世紀の傑作をおおいに尊重し、近代派に対してとげとげしい口調を避けながら、偉大な古代ラテン詩人たちの詩的感覚と、単純素朴さに対するホメロスの好みを称揚している。フェヌロンは、率直な表現と目立たない技巧を好んでいるにしても、行き過ぎた純正語法主義には異を唱え、新語の容認を主張している。政治的反対者フェヌロンは、かつての教え子〔ブルゴーニュ公〕に宛てて、『良心の試練』と、統治案『ショーヌの一覧表』（一七一一年）を送った。

当然のことだが、フェヌロンの文学的創作の最も実り多い時期は、ブルゴーニュ公の師傅《しふ》としてヴェルサイユで過ごした年月（一六八九〜九七年）だった。フェヌロンの『寓話』と教化的小品は、純真さと悪意を兼ね備え、それを通して、次の十八世紀の「哲学的小説《コント・フィロゾフィック》」を予告している。これらの小品は、ブルゴーニュ公に、ためになる教訓《モラル》だけではなく、同時代の荒々しい知識（ベールの手紙のもじり）も教え込んだのである。『死者たちの対話』（一七一二年、および一八年）でも、フランス文明について同じように論じられている。フェヌロンは、新たにフォントネルに名声をもたらしたルキアノス風の嘲弄的な着

想を拒絶して、その「死者たち」に思慮深い穏やかさを賦与している。そのうえ、「死者たち」は幻滅して、哲学、歴史、古代および近代の文芸について、彼らの教えを分かち与えるために、スキュデリー嬢の打ち解けた会話の穏やかな、洗練された口調に立ち戻る。

『テレマックの冒険』（一六九九年）は、こうした広範囲にわたる授業計画と関係があるが、それだけではなく、著者フェヌロンの精神を露わに示す詩編のひとつでもある（ルイ十四世がそれに気づいて、立腹したのだが）。父親の探索が、ホメロスの叙事詩『オデュッセイア』に由来する、この小説の主題である。ユリス〔ユリシーズ（オデュッセウスのラテン名）〕の息子〔テレマック〕がくぐり抜ける数々の試練は、彼の若々しい大胆さとともに憂愁《メランコリー》を伴って、彼に自制心と、統治する術《すべ》を教えている。ミネルヴァの神智と一流の政治指導者への野心を兼ね備えているマントール〔メントール〕の役割は、「サラント」〔サレント〕という理想郷《ユートピア》でその絶頂に達する。イドメネ〔イドメネウス〕（ルイ十四世なのか？）が「サラント」を支配しており、その統治は正義を伴ってさえいるのだが、イドメネには、専制政治に終止符を打ち、奢侈と戦争を好む自分のふたつの性向を克服するために行動しようとする向上心もある。そして、イドメネはマントールに勧奨された様々な改革を実行する。そのいくつかは人心を和らげ（大地への回帰、出費の削減）、他のいくつかは不安を抱かせる（住民の監視と強制移住、身分の固定化）ものである。ラ・ブリュイエールと同様、金銭王に傷つけられたフェヌロンは、実際に、ある種の農業的、貴族的反動の概略を描いている。

ラシーヌの場合と同様に、『テレマックの冒険』の非時代性と神話は、本質的に海洋国家であるギリシアを連想させることができる。その穏やかな美と調和のとれた風景が包み隠している情念と罠を、王族の生徒〔ブルゴーニュ公〕に対する遠慮から、フェヌロンはラシーヌのようには、明示していないが、

しかし、そこには、欲求不満《フラストレーション》、官能、強い権力欲がある。好感のもてる視野と穏やかな文体は、ところどころに見られる訓戒や説教によって、いささか重苦しいものになっている。とはいえ、こうした過剰な道徳至上主義も度外れなところは少しもない。それが、超人間的な登場人物の神的な姿であり、とりわけまた、この司教、神秘主義者フェヌロンの口調で、彼はその小説『テレマックの冒険』でも、瞑想の際と同様に、存在者＝神の秘密を把握しようと試みている。

Ⅲ　他の散文作家

これらの偉大な名前とは異なり、ジャンセニストの文章工房《アトリエ》の成員は、ボシュエに対して友好的ではない。しかし、彼らの活動の最後に、ニコル（教義論争家で、『道徳論』一七一五年、『一般的恩寵論』を継続的に執筆）、ルメートル・ド・サシとその後継者トマ・デュ・フォセ（「モンスの」と呼ばれた新約聖書のフランス語訳に始まった聖書の全訳、一六九三年）、とりわけまた、不屈のアントワーヌ・アルノーらが、彼らの論題と文体の厳粛さによって、古代派陣営に合流した。[1]

（1）一六六七年、ベルギーの都市モンスで刊行された新約聖書のフランス語訳。

まったく別の観点から、多くの回想記作家が、彼らの未来図に最後の一筆を加えた時期である。彼らが逸話作家（ヌムール夫人、モットヴィル夫人、グールヴィル）である場合でさえ、彼らの本は年齢からくる知恵を反映しており、自己の「全面的告白」を記すと明言したビュシー＝ラビュタン（『回想録』一六九六年）のような人でさえ、そうした智慧に到達したのである。ジャンセニストから受けた迫害（ラ・

フォンテーヌ）や、プロテスタントからの迫害（デュモン・ド・ボスタケ）は、感動的な作品のきっかけとなった。

第十一章　「古代派」と「近代派」のあいだで

一六九四年に、アカデミー・フランセーズの『辞典』が刊行された。これが、長いあいだ待たれていた辞書の初版である。それは古代派の勝利なのか、あるいは近代派の勝利なのだろうか？　すべての人びとにとっての成功である。それはまた、多くの分野が、曖昧な「新旧論争」から免れていることを、よく示している。一六七五年以来、読者とは、「社交界人士」を含んでいないわけではない。そうではなく、その逆なのだ。しかし、われわれが「趣味の時代」と呼んだものと較べて、註釈や学問的註解、論評、辞書が、文学のうちに徐々に根を下ろしていったことがわかる。気晴らし〔娯楽〕のジャンル（これこそ、社交界人の奥深さの指標なのだが）は、研究のジャンルへと向かう読者を準備し、十八世紀はこの研究分野に頼ることになる。本章では、それを、記載される作品の寄木細工によって、急いで辿ってみよう。

I　批評家と哲学者

「ル」リシュレ（一六八〇年）、「ル」フュルティエール[1]（一六九〇年）が、アカデミーの『辞典』に先立って刊行され、また、これに伴い、多数の文学史的企ても同時に刊行されている。作家の思想〔アナ〔語録〕

が流行った。『メナジアナ』メナージュ語録、一六九三年、一七一五年再版)、著名人の伝記(ペロー、一六九八年〔『今世紀のフランスに現われた著名人』〕)や著者についての見解(バイエ、一六八五年〔『作家の主要著作についての学者の見解』〕、メナージュによる改訂版、一六八八年。同じくバイエの『デカルトの生涯』一六九一年)、純粋な歴史的研究(ラテン語で書かれたものとしては、マビヨンと彼の同僚のベネディクト会士。フランス語では、モレリの『歴史大辞典』一六七四年、のちに何度も改訂された〔たとえば、グージェによるもの、一七三六年〕)、メダイユ(メダル)、祝典、銘文、バレエなどの資料集成(メネストリエ『好事的教育的叢書』の概要、一七〇四年)、『トレヴー紀要』誌の刊行開始(一七〇一年、当時、開かれた精神を備えていたイエズス会の定期刊行雑誌)、等々。雑文家ウスターシュ・ル・ノーブルは、諷刺誹謗文書(月刊誌『政治的試金石』)や小説を量産した。東方趣味が盛んになる(エルブロの『東方叢書』一六九七年、アントワーヌ・ガランによる『千夜一夜物語』のフランス語訳、一七〇六年)。

(1) いずれもフランス語辞書(リシュレ編『フランス語辞典』、フュリティエール編『万有辞典』)。

ジル・メナージュは、こうした進展を理解し、彼の『フランス語の起源』(一六五〇年)を『語源辞典』(一六九四年、没後刊行)に増補改訂した。また、読者が自分の時代の名作集《アントロジー》を求めるようになり、リシュレの『フランス文学名品集』(一六八九年)や、ブーウールの『名詩選』(一六九三年)が刊行された。

イエズス会士ドミニク・ブーウール(一六二八〜一七〇二年)は、趣味の時代の最もすぐれた理論家のひとりである(七九頁参照)。一六七五年頃、彼は、書簡を通して、ビュシーや、その仲間で学識豊かな、ラモワニョン高等法院院長と親しいラパン(『偉大なものと崇高なものについて』一六八六年、七四年から『アリストテレスの詩学に関する考察』、一六八四年に『比較』と『考察』を合冊して再版)とともに、批評の三巨頭支配といったものを形成し、ボワローは、ブーウールの見解を重視していた。ブーウールは、ビュシー

の『書簡集』を刊行し、また（ジャンセニスムに対する敵意にもかかわらず）アントワーヌ・アルノーの『雄弁に関する考察』（一六九七年、一七〇〇年）の刊行者になった。こうした選択によって、また、彼に文体の恒常性に対する確信をもたらした修辞学の知識によって、ブーウールは古代派だった。しかし、サロンに集う女性に対する彼の敬意と、十七世紀に対して好意的な、彼の考察の帰結によって、ブーウールは近代派だった（『精神的行為における良い思考法』一六八七年、『古代人と近代人の創意に富んだ思索』八九年）。

同じ見解を共有しているふたりのデカルト派、自然学者ジェロー・ド・コルドモワ（一六二六～八四年、『論文集』九一年）と、オラトリオ会士ベルナール・ラミ（一六四〇～一七一五年）。コルドモワは、他のあらゆる言語に対するフランス語の論理的優越性を主張する様々な理論の原点に位置している。その後、こうしたフランス語卓越説を、ル・ラブルール（一六六九年）やデマレ・ド・サン＝ソルラン（一六七〇年）が、初めから近代派に好意的な論争的寄与のなかで、相次いで発展させ、また、いわゆる「碑文」論争[1]で、シャルパンティエが主張するようになる（『フランス語の卓抜さについて』一六八三年）。しかし、コルドモワの「ヘロドトス『歴史』についての考察」は、古代に関する知性のちょっとした驚異だった。ラミもまた、実証的な学問の威力を感じ取り（『科学に関する対話』一六八三年）、音声学の研究と、知識に対するきわめてデカルト的な警戒心に基づいて、よく知られた『話す技術』（一六七五年、再版）を書いた。しかし、ラミは長いあいだ、キケロの教えの普及者として、さらにまた、スカリジェの普及者としてとどまることになる。

（1）シャルパンティエは、記念碑の碑文をラテン語ではなく、フランス語にするように主張した。

高いレヴェルでみれば、一介の教師にすぎないオラトリオ会士ラミと、同じオラトリオ会士だが、偉大な創案者ニコラ・マルブランシュ（一六三八～一七一五年）のあいだには、類似性がある。両者ともに

学識を拒否し、判断に関しては理性の優越を主張する。誤謬の原因についての練達の分析家（『真理の探究について』一六七四年〜七五年）マルブランシュは、そのデカルト主義に、感覚的、神秘的な抜け穴を穿った（『キリスト教的省察』一六八三年）。この抜け穴は、彼に「スピノザ主義」の嫌疑（アントワーヌ・アルノー）がかけられたとき、マルブランシュに時として堪えがたい論戦を強いることになった（『形而上学と宗教についての対話』一六八八年）原因の連鎖に感嘆していたマルブランシュは、したがってまた、近代派とともに、数学的方法に魅かれていた。しかし、彼のアウグスティヌス主義とプラトン主義は、形而上学的秩序を理解し、叙述の分野として、進んで対話を採用することに役立った（『神の存在についてのキリスト教哲学者と中国哲学者の対話』一七〇七年）。

われわれが検討している、この時代の終わりに、古代派と近代派の論争が「ホメロス論争」という名のもとに再燃する（一七一三年〜一四年）。ホメロスは優雅であるのか、それとも粗野なのか？ これは古くからの論点だが、この時期に、『新旧比較論』と『ロンギノスについての考察』が論争を再び掻き立てたのである。綿密な翻訳家ダシエ夫人は、アントワーヌ・ウダール・ド・ラ・モット（一六七二〜一七三一年）の韻文抄訳『イリアス——フランス語韻文と一二歌による』によって、風習の歪曲と偉大な詩人ホメロスに押し付けられた枠組みに憤慨した（『趣味の堕落の原因について』一七一四年）。ウダール・ド・ラ・モットは、あとにまた述べることになるが（一五九頁）、忘れられた詩人（『オード集』・七〇九年）で、重要な批評家でもあり、詩的熱狂は最低の量にとどめるように勧めている（『詩一般について、また、とくにオードについて』一七〇九年、『批評について』一七一五年）。アカデミー・フランセーズ会員への立候補に際して、彼には、不幸な対立候補ジャン＝バティスト・ルソー（のちに、国外追放）がいた。ルソーの『オード集』と『カンタータ集』は、ウダール・ド・ラ・モットの詩よりは、いくらか記憶にとどめられて

いる。

（1）古代派ダシエ夫人の学術的散文訳『イリアス』に対して、近代派のウダール・ド・ラ・モットは粗野な部分、冗長な部分を取り除いて、約半分の長さの（ホメロスの『イリアス』は二四歌からなる）韻文訳『イリアス』を刊行した。ダシエ夫人はこれを、ホメロスを冒瀆するものとして、『趣味の堕落の原因』を書いて、反撃した。

Ⅱ　国外からの視線――ピエール・ベール

パリの論争は、次のような事実によって相対化される。つまり、この時代は追放された作家がかなりの数にのぼり、フランス国外で、フランス精神によって作品を書くようになる最初の時代である。こうした現象は、ラテン語で表現する作家についてであれば、ルネサンス以来、ありふれたことだったが、それがフランス語を用いる作家にまで及んだのである。ナントの勅令の廃止がその原因のひとつではあったが、それだけではない。「文芸の共和国」（これは、古代の「文芸共和国（レスプブリカ・リテラリア）」の模倣だが、それとは異なるものである）と言われることがある。

フランス国外では、旅行記やユートピア物語もその同類である。あらゆる方面、すなわち、東方《オリエント》（ベルニエ〔インド〕）、タヴェルニエ〔トルコ、ペルシャ、インド〕のあと、シャルダン〔ペルシャ、インド〕）、中国（イエズス会士の『教訓的で好奇な書簡集』）、そして北方アメリカへの旅行記がある。北方アメリカへの旅は、ロベール・シャル（一六五九～一七二一年、『回想録』、『東インド航海日誌』）にとって決定的体験の場であり、彼はまた諸国民の習俗を描く小説家でもあった（『フランス名婦伝』一七一三年）。北方アメリカは、ラ・

オンタン（一六六六〜一七一五年頃）にとっても重要な場所だった。シャルとラ・オンタンはふたりとも、批評的精神と自然宗教に好意的な精神の持ち主で、シャルは『軍人哲学者』（または「マルブランシュ神父へ提出する宗教についての異議」）によって、ラ・オンタンは『著者と、旅行経験を持つ良識ある未開人との面白い対話』（一七〇三年）において、対話の技法を生きいきと蘇らせた。ほとんどすべての作品がフランス国外で刊行され（フォワニーの『アウステル大陸漂流記』〔一六七六年〕とヴェラスの『セヴァランブ物語』一六七五年頃、ティソ・ド・パトの『ジャック・マセの旅と冒険』一七一〇年、等々）、フランスで刊行されたときには発禁処分を受けた（ジルベールの『カレジャヴァ物語』一七〇〇年）、これらのユートピア小説は、冒険という貧弱な舞台装置のもとで、フェヌロンの芸術性を備えていない。それは、体系的な作家の退屈さを醸成している。「理性」の名において、読書の楽しみを二の次にしている。

イギリスからフランスへ亡命したコント作家アントワーヌ・ハミルトン（『グラモン伯爵の回想録』一七一三年）や、のちにアレクサンドル・デュマが利用することになる「ダルタニャン（『ダルタニャン氏の回想録』〔一七〇〇年〕）をほとんどでっち上げたことで有名な、また、そのスキャンダラスな文章（政治的誹謗文書、宮廷奇談）とジャーナリズムでの活動（ラ・エ〔オランダのハーグ〕の『メルキュール・イストリック・エ・ポリティック』誌）によって、六年にわたる入獄の説明がつく、偽回想記作家クールティル・ド・サンドラスもおろそかにしない楽しみ。サン＝テヴルモン（一六一四〜一七〇三年）が、とりわけ、その長い生涯の終りの時期にいそしんだ楽しみ。彼の書簡集と『著作集』（一六八四年、八九年〜九二年）は、亡命作家デメゾーによってまとめられた（一七〇五年に、ロンドンで）。ときには詩人、多くの場合に批評家（流行を嘲弄した「フランス人の趣味と見識について」、崇高さに対する鋭い感受性を示す「壮大な」という語について」、不変のコルネイユ崇拝者であることを示す「悲劇について」）、好んでエセーを書き（「楽しみについて」）、

聖職者に対して皮肉を飛ばし（「ドッカンクール元帥とカネー神父の会話」）、信仰よりもむしろ慈善の擁護者、そして、その時代の歴史家（「ローマ人の多様な才能についての考察」）サン＝テヴルモンは、若き士官（コンデ、テュレンヌ）に対する彼の忠誠心を貫いた一六五〇年の人間として終始した。しかし、ロンドンの自由な空気にふれて、彼の精神は再形成された。この地で、サン＝テヴルモンはイギリスの作家に関心を抱き、そこではまた、知的論議はパリよりもずっと幅広いものだった。ロンドンでは、大小さまざまなサークルの結成が、彼の場合と同じように、挫折した。サン＝テヴルモンは、友人のマザラン公爵夫人の人物描写《ポルトレ》を書き、冗談で「追悼演説」を書いている。彼はまた、マザラン公爵夫人とともに思索していたのである（『友情について』）。

最初の自由の地、オランダが文芸の共和国へとわれわれを立ち戻らせる。ふたりの亡命者、ジュネーヴ出身のジャン・ル・クレール（一六五七～一七三六年）と、ピレネー出身のピエール・ベール（一六四七～一七〇六年）が、この文芸共和国を体現している。ル・クレールは、友人のジョン・ロックをフランスの思想界に導入するとともに、ボシュエに恐れられた革新的な聖書注解者、一六八六年（『世界歴史叢書』、ついで他の題名の叢書（『選集叢書』、『新旧叢書』））以来、強い影響力をもったジャーナリストでもある。ベールは、ある意味では、ル・クレールよりも古風《アルカイック》である。ベールは、共同体《レスプブリカ》から「共和国《レピュブリック》」への推移を象徴している。つまり、ルネサンス文化に接ぎ木された文化、とりわけ歴史的学識の総和、おそらくは懐疑に襲われたに違いないが、牧師という彼の境遇から、唯物論と偶像崇拝への嫌悪を保持した伝統的なカルヴァン主義である。ベールはフランス語を話してはいるのだが、それにしてもなんというフランス語だろうか！ ベールの『彗星についての雑考』（一六八三年、『ル・メルキュール・ガラン』紙（誌）[1]のための記事の草稿を発展させた論考）、書簡形式の反カトリック文書（『何がなんでもすべてカトリックのフラン

ス』、一六八六年)、また、これと同じ宗教的寛容という主題をさらに発展させた論考(『「強いて入らしめよ」というイエス・キリストの御言葉についての哲学的註解』、一六八六年〜八七年)、これらは愚かさと罪に対する憤りに打ち震え、その最後の著作の表題『ある田舎人の質問に対する回答』(一七〇四年)が示しているように、手本として、パスカル風の反語《イロニー》を主張している。

(1) 一六七二年に創刊された週刊新聞、七八年から月刊誌化された。宮中、社交界、文壇の消息、さらにまた、学術論文も掲載した。

膨大な数の手紙の書き手で受取り手でもある、この偉大な思想の変革者ベールは、一時的に、自分が創刊した月刊誌(『文芸共和国便り』一六八四年〜八七年)の執筆者でしかなかったし、たまたま、政治的な作家であるにすぎなかった(共著の『亡命者への重大な忠告』一六九〇年、ジュリュー〔改革派教会の強硬派、反フランス王権主義〕に反対して、君主政体に対する忠誠を教えている)。ロッテルダムでの教職を追われると、この好奇心に満ちた、穏健なエラスムスの信奉者ベールは、寛容のために闘い、デカルト的唯心論に賛同して、偏見に対して事実という試練を課した。最初の著書、マンブール(プロテスタント教会への不誠実な敵対者)に対する『一般的批判(『マンブール氏の「カルヴィニスムの歴史」への一般的批判』)』(一六八二年)から、彼の畢生の仕事『辞典(『歴史的批評的辞典』)』に至るまで、ベールは歴史家の誤謬を正すことに情熱を注ぎ込んだ。

ベールは継承者であるとともに、先駆者でもあった。これこそ、彼の著書の表題に見られる二つの形容詞が強調しているところである(『歴史的批評的辞典』一六九七年、一七〇二年再版)。そこでは、人文主義と、十六、十七世紀におけるその実践の具体的な状況についての膨大な調査がなされている。この調査は、北方の学者や、東方正教会の地にあるラテン(ローマ・カトリック)教会派についても、多くの部分を割

いている。

それは、著者の語調、読者の考えに委ねようとする語調とともに、注目されよう。客観的であることに熱意を抱いていたとはいえ、ベールは、確信、とりわけ道徳的確信、すなわち、良心の権利、暴力に対する嫌悪に、心を閉ざしてはいない。ベールが、しばしば、誤って懐疑主義と考えられてしまうのは、彼の嘲笑的態度や、さらにはまた、罪に対する彼の見解のせいである。それが、今度は、宗教に対する闘いの、将来の当事者たちにとっての保証となるのである。

第十二章　攻勢をかける「近代派」

I　舞台芸術（スペクタクル）

オペラは隆盛を続け、近代派の著名作家たちはオペラの台本作者と思われていたほどである（トマ・コルネイユ『メデ』一六九三年、ウダール・ド・ラ・モット『粋なエウロペ』一六九七年）。ペロー（『新旧比較論』第三巻）は、このオペラというジャンルを、滑稽小説（ロマン・コミック）、恋愛物（ギャラントリー）、妖精物語（コント・ド・フェ）とともに、この偉大な世紀の不朽の収穫物のうちに数えていた。一六九七年には、かつての悲劇作家ボワイエの『メデューズ』が書かれている。ボワイエはさらに、口語体演劇の分野で、活動を続けている（『ジェフテ』〔イスラエルの士師エフタ〕、『ジュディット』〔ユダヤの英雄的女性ユディト〕）。カンピストロン（一六五六〜一七二三年）に対しても、同じ指摘をすることができる。彼の『アンドロニック』（一六八五年）や『ティリダート』（一六九一年）は、崇高なジャンル〔悲劇〕という相変わらず厳格な枠組みのなかで、装いを新たにして、悲壮さを表現している。ラ・フォスの『マニリウス・カピトリヌス』（一六九八年）も同様である。

その他の作家たちでは、とりわけ、クレビヨン・ペール（一六七四〜一七六二年）において、感性は恐怖感のうちに掻き立てられる（『アトレとティエスト』一七〇七年、『ラタミストとゼノビ』一七一一年）。そこ

には、変化が見られる。悪魔的《デモーニッシュ》な役柄を得意とする役者ボーブール、この同じ役者が、ついに一般公演されることになった（一七一六年）ラシーヌの『アタリー』に出演しているのである。もともと宗教的な、かつての悲劇は、新たな情動によって替えられる。

設立されて（一六八〇年）間もないコメディー＝フランセーズにとって、上演すべき悲劇の新作がほとんどないのは遺憾なことだった。しかし、コメディー＝フランセーズはその埋め合わせに、二つの強力な作品群を持っていた。コルネイユとラシーヌの作品を繰り返し、継続的に再演することによって、コメディー＝フランセーズはほぼ即座に、古典主義演劇の殿堂となり、コルネイユとラシーヌの作品の再演は、近代派が望んでいたように、固定した規範となった。他方でまた、モリエールの精神に忠実なコメディー＝フランセーズは、モリエールの作品を絶えず上演し（宮廷用の田園劇は例外として）、喜劇界全体を満たしたのである。諸般の状況が、コメディ＝フランセーズに幸いした。一六九七年には、イタリア劇団が禁止（パリから追放）され、また、縁日芝居――すぐれた作者はこれを侮ることなく、そのあら筋を提供した『アルルカン』連作はルサージュによる――が、観衆を吸い寄せてはいたが、結局のところ、書き残されることのない（即興）芝居の分野にとどまった。

モリエールの指導を受けて習得されたすぐれた技巧が、こうした作品全体を特徴づけている。かつての役者たち、オートロッシュ（『目に見えない夫人』一六八五年）とミシェル・バロン（『艶福家』一六八六年、『浮気女と偽貞女』一六八七年）は、「性格」に固執し、デュフレニーの『怠惰な男』（一六九二年）や、『恋の狂気沙汰』（一七〇四年）『包括受遺者』（一七〇八年）で著名なルニャールの『賭博師』と『ぼんやり男』（一六九六〜九七年）もまた、「性格」の把握――ラ・ブリュイエール成功のあかし――を主眼としている。いずれも、滑稽な筋立てや言葉の奇抜さに遺漏はなく、とりわけ、イタリア劇団のために書いたあら筋

や戯曲が保存されている作家（ルニャールとデュフレニー、さらにはまた、ファトゥーヴィルやパラプラ）がそうだった。ダンクール（本名フロフン・カルトン、一六六一～一七二五年）やルリージュ（一六六八～一七四七年）、そして、デトゥーシュ（『恩知らず』一七一二年、『中傷家』一七一五年、彼の作家活動は、この後も継続される）が、コメディー・フランセーズの求めに応じて、作品を提供した。ル・サージュは、すでに小説家として（『跛《びっこ》の悪魔』一七〇七年、『ジル・ブラース物語』一七一五年～三五年）、貪欲な『チュルカレ』〔喜劇〕とともに、よく知られていた。とりわけ、ダンクールは、五幕（『当世風の騎士』〔『当世騎士気質』〕一六八七年）、三幕（『三人の従姉妹』一七〇〇年、『投機師』一七一〇年）、一幕（「ダンクラード〔ダンクールもの〕」と呼ばれる『別荘』一六八八年、『ジャヴェルの水車小屋』一六九六年）からなる多様な戯曲で、知られていた。

　文学的想像力が君臨していた時代（本書、第一章）、創作された膨大な数の劇作品に素材を提供していたのは、高貴さと歴史だった。才気《エスプリ》が多すぎるとき、それは嘲弄と時事性《アクチュアリテ》となる。いくつかの原理宣言があったにもかかわらず、喜劇の「テレンティウス的」イメージは非常に稀薄になった。耳障りな嘲笑によって、近代は、矯正しがたい冷笑的な生活習慣について、また、罰せられない盗人や悪徳商人について語り合うのである。

II　詩と散文

　前節で言及したデュフレニー（シャルル・リヴィエール、一六五七～一七二四年）は、その散漫な断章の寄せ集め『真面目で滑稽な楽しみ』（一六九九年）によって、耳障りなやかまし屋にとどまっていた。こ

の作品は、「平民のサークル」と同じく「宮廷」も嘲弄し、その考察の一部は、皮肉屋で無邪気な「シャム人」に割り当てられている。しかし、社交界の仲間は、そうした辛辣な考察が和らげられることも望んでいた。これらの社交界人士は、ヴァンドーム公爵家やデュ・メーヌ公爵夫人のソーの館で、すでに名を挙げた作家と同じく何人かの詩人にも注目していた。そのなかで、フォントネルが最も才気に富み、ラ・モットは最も荘重、ジャン＝バティスト・ルソーは最も孤立している。最年長のラ・ファールとショーリュー（一六三九～一七二九年）は、「近代派」からは遠いのだが、彼らの友ラ・フォンテーヌとやや近く、サラザンのほうがフォントネル（『詩集（ポエジー）』一七二四年）よりもよき趣味を代表している、と確信していた。デズリエール夫人（一六三七～九四年）の素朴で新鮮な『詩集《ポエジー》』（一六八八年）は、また別の党派の象徴である。一六九四年に、ボワローは彼女を「狂女」扱いしている（「そこでは、新しくありさえすれば、どんな詩句でも良いものなのだ」『諷刺詩』第十）が、ペローは彼女を擁護している（『女性礼讃』一六九四年）。

　他方、ペローはその理論に従って、この世紀の壮大な詩の（困難な）継承を引き受けた。『聖ポーラン』（一六八六年）を出したあと、かつての『ラ・ピュセル（ジャンヌ・ダルク）』と同様、彼の敵対者から酷く嘲笑されたが、さらに『新改宗者へのオード』（一六八六年）、『アダム、あるいは人間創造』（一六九四年）が出た。これらの力作は、ペローの内部では、逆説的に、ボワローがその真価を見出しえなかった創作、つまり、妖精物語の創作と、結びついていたのである。

　オペラは別として、また、情熱的な書簡体小説（フェラン法院長夫人『クレアントとベリーズの恋物語』一六九一年、ブールソー『恋文』一六九九年）や、諷刺小説（マラナ？の『トルコの密偵』一六八四年）の盛んな復活を除けば、妖精物語は、「近代派」の最も堅固な遺産を形成している。ボワローのもうひとつの

不満の種は、妖精物語執筆者の女性の割合（一六九五年から一七一〇年までをまとめると、一一人中七人が女性）と、典拠の幼稚さだった。「これらの巧みに操られた空想は、理性を楽しませ、まどろませる」（ペロー『新旧比較論』第三巻）。ここにこそ、古代派が声を嗄らすほど推奨してやまなかった、あの「崇高さ」以上に幻想的で原始的でさえある未知の魅力の根源が提出されている。しかし、その現実化（作品）にどんな価値があるのだろう？　ここで、ボワローは優位を取り戻す。甘ったるい心情、無駄な細部、「赤ん坊のような」（幼稚な）言葉遣いが、ドーノワ夫人（それでも、『白猫』には愛すべきところがあるが）、ミュラ夫人（『幸せな苦しみ』）ベルナール嬢（『薔薇の木の王子』）、等々の冗漫な作品の大半を台無しにしてしまっている。それにもかかわらず、フェヌロン自身は、そうした魔法の杖や空飛ぶ馬車、動物や植物の変身を教育的に利用することを恐れてはいなかった。

　このように、民間伝承に由来する民衆的驚異は、近代派にとって、異教神話を詩的に用いることに、皆が皆フェヌロンほど巧みだったわけではない古代派に対する有効な反論として役立った。姪のレリティエ嬢の『作品集』（一六九五年）や、とりわけ、ペロー自身の手になる韻文で書かれた物語（そのひとつが「ろばの皮」）――一六九四年の序文が、その論証のための作品に改変された――によって、一般に公表された『過ぎし昔の物語（散文）、ならびに教訓（韻文）』が、一般に『ペロー童話集』（一六九七年）と呼ばれているものである。本来の題名は、非口承的な性格と、珠玉のような七編の作品の特性を示そうという意欲を強調している。たぐい稀な、じつに巧みな筆づかいで、ペローは彼の読者を、幼少期の精神に帰るように促している（感傷的退行によってではなく、福音的回心によって）。ペローは、社交界の人間探究者《モラリスト》と同じ効果を得るために、乳母の声（このジャンルの定型）や「教訓」の臆面のなさ《シニスム》も利用する。同業の女性作家とは異なり、近代派の主導者ペローは、この新機軸のジャンルを完璧なものにすることによっ

て、「才知の過剰」を慎むことができたのである。

Ⅲ　『メルキュール・ギャラン』誌陣営、フォントネル

　パリの月刊誌『メルキュール・ギャラン』の存在が、一六七五年から一七一五年までの時期をひとつのまとまりとして、これに先立つ時期との違いを最も明瞭に際立たせる特徴のひとつである。この定期刊行物は、いかなるものも受け継ぐことなく、きわめて間接的に、政治誌や学術誌（『学界通報（ジュルナル・デ・サヴァン）』一六六五年から、前述のオランダの諸誌）と競合するだけである。『メルキュール・ギャラン』誌は、最もすぐれた社交界文学の本来的同伴者なのである（一六七八年に早くも、『クレーヴの奥方』の長所と短所に関するアンケートが掲載されている）。この雑誌は、演芸《スペクタクル》、宮廷の祝祭、はやりの豪勢な催しを報じた。読者は、ひとたび自分たちの好奇心が満たされると、雑誌の編集に協力するようになる。だから、「粋な優雅さ《ギャラントリー》」に満ちた雑誌ができたのである。一方に、空想的な情報が、他方、謎、文字合わせ、警句、題韻詩（与えられた韻を踏んで作られる詩）が掲載された。これらの詩句はどれも、諧謔詩（四五頁）やマドリガル（九三頁）によって引き起こされた感興に結末をつけるだけである。

　この雑誌の傾向は、概して度を越すことはないが、近代派に好意的である。ヴェルサイユの空気にパリの空気を対立させるようなことは決してない（それは、のちにフォントネルがしたことだが、時代をさかのぼらせてのことである）。『メルキュール・ギャラン』の唯一の深刻な論争は、この雑誌に挑んできたラ・ブリュイエールとの論争だった。『メルキュール・ギャラン』の歴代の主幹、ドノー・ド・ヴィゼ（一六三八

〜一七一〇年）と彼の協力者トマ・コルネイユ、それから、最後にデュフレニーは、自分たちの贔屓を隠してはいない。協力者は、劇作家としてもやはり同じ態度だった（トマ・コルネイユ『女占い師』、『彗星』一六八〇年）。おそらく、彼らはフォントネルに援助されていたのだろう。フォントネルはまた、オペラ『ベレロフォン』のために、トマ・コルネイユを助けたのち、『メルキュール・ギャラン』の陰で、自分の仕事を始めている。フォントネル（ベルナール・ル・ボヴィエ・ド、一六五七〜一七五七年）は、ラ・ブリュイエールに告発された「シディアス」もしくは「テオバルド」(1)で、コルネイユ兄弟の甥にあたる。科学アカデミーの終身書記としての長期にわたる職務（一六九九年から一七四〇年まで）は、デカルト哲学の光明に傾倒し、実験的学問に対する彼の情熱を満足させて、フォントネルは、科学アカデミー会員の業績報告を一年ごとにまとめて刊行し、また、物故会員の頌辞を書くようになった（『科学アカデミー史』一七〇七年）。この科学アカデミー終身書記という資格で、フォントネルは十八世紀に影響を及ぼすことになる。当初、フォントネルの野心はアカデミー・フランセーズの会員になることで、一六九一年、そこに到達した。近代派にとって、大勝利だった。フォントネルは、彼の最良の宣言書、進歩の思想に捧げられた『古代人と近代人についての余談』（一六八七年）で、この勝利をもたらしたのである。ペロー自身が、フォントネルに――このうえない名誉――『天才』（一六八八年）と題する書簡詩を献呈している。

(1) ラ・ブリュイエールは『レ・カラクテール』の第五章で、シディアス、テオバルドという名に託して、フォントネルを嘲笑したとされる。テオバルドはフォントネルではなく詩人のバンスラッドのことともいう（関根秀雄訳『カラクテール』上巻（岩波文庫）二〇一頁、当該箇所の訳註、参照）。

『メルキュール・ギャラン』に話を戻すと、この雑誌は、フォントネルのコケットな詩集を刊行することで彼に肩入れして、彼を称賛し、『クレーヴの奥方』についてのアンケートに際して、フォントネ

ルに大きな誌面を与えて売り出した。彼の洗練された才知は、ヴォワテュール風に発揮されている（書簡体小説の形をとった『粋な手紙』一六八三年、冒頭に知的論考『牧歌の本質について』が置かれている『牧歌詩集』一六八八年、問答や、とりわけ対話）。この対話というジャンルでは、ほんの数年も経たないうちから、思想と文体の変化が、主題の変化にうまく対応している。歴史と政治に関して、フォントネルは懐疑論者である。彼はまた、新たなルキアノスのように、最も本当らしくない背理《パラドクス》のなかで、気ままに目立っている（『新編死者の対話』一六八三年）。これとは逆に、『世界の複数性についての対話』（一六八六年）では、巧みに説明された天文学の楽しさが、この対話の語り手＝指導者にきわめて積極的な役割を与えている。

パスカルが試みたことだが、しかし、フォントネルとともに、科学的解説が、よき時代のために、再び文学の主題になった。『神託の歴史』（一六八六年）は、軽信を告発している（「黄金の歯」のコント）が、会話口調で書かれている。新しい思想の普及のためにだけではなく、すぐれた精神の栄光のためにも、効果的な方法は、対話者〔聞き手〕に個人的な色彩を持たせることである。というわけで、作家として成功した元雑誌記者フォントネルが、彼の『世界の複数性についての対話』を交わす相手は、さる「侯爵夫人」である。彼女は誰だったのだろう？　ラ・サブリエール夫人の娘だろうか？　あるいは、ペローが「ろばの皮」を献呈したランベール侯爵夫人（一六四七～一七三三年）、華やかな噂のるつぼだった彼女のサロンが、摂政時代とそののちにも、フォントネルやマリヴォーのような「ランベール風」を育んだ、あのランベール侯爵夫人だったのだろうか？

おわりに

われわれは、本書を始めるにあたって、思想史は回避することにした。それは、われわれのパルナソス山〔文芸〕やその蝶〔作品〕のうえに載せるには重過ぎる解読格子である。社会学的解読格子は、これより好都合とはいかないようだ。それはさておき、まったく確かなことだが、ある一定の文明のいかなる局面も絶対的に自立しているものではない。十七世紀のフランス文学も、ある程度まで、言語の変化（複雑さから純粋さへ）、思考の変化（有機体論的形而上学から事実の数理化へ）、社会の変化（中世国家から近代国家へ）を伴っている。そして、われわれの説明は、それ自体、政治年代学的な二つの要素（リシュリュー内閣、そして、ルイ十四世治下の、「若き宮廷」と、それより官僚的で堅苦しい「ヴェルサイユ」時代の対立）と関連づけなければならなかったし、また、想像力や趣味、才気といった観念、そのようなものとして展開された観念を拠りどころとしなければならなかった。これらの観念は、自然の観念や理性の観念以上に、観念である。これらの観念は、この小著の意図――つまり、文学形態の特徴づけと選定――を、かなり直接的に規制するものである。

小アジア文化からアテナイ文化へ、アテナイ文化からアレクサンドリア文化へ。言い換えれば、十七世紀のフランス文学は、ギリシア文学の一〇〇〇年にやや似たところがある――しかし、その一〇倍の速度で――変化を遂げたのである。誇張された、冗長なジャンルにとらわれた文学から、機敏で、テンポが速く、簡潔なジャンルを好む文学へ、ついで、光輝く文学へと移りいき、そこでは、輝かしい効果

と暗い陰りが交互に現われる。最後に、社交界人士によって放逐されてしまったと思われていた学識（註釈、辞書）が、文学の領域に戻って来た。結局のところ、「大王」の統治が完遂されるずっと以前から、普遍的人間というテーマは、作家が扱う唯一の主題としてとどまることはなかった。十八世紀が進めることになる、関心対象の目覚ましい刷新は、このうえなく周到に準備されていた。そして、十九世紀は、すべてが想像《フィクション》による文学、そして、とりわけ心の感動に向けられた文学への回帰によって、特徴づけられるが、しかし、十九世紀が「古典主義」概念を創出し、十七世紀における中心的な分野、また、他の何よりもはるかに「文学的な」配慮によって決められた分野を、くっきりと浮かび上がらせたことは、必ずしも強調されているわけではない。

　十七世紀の生活習慣は、儀式ばったものだった。強固な権威、カトリックは、他のいかなる時代よりも崇敬され、ゆるぎなく認められていた。このような時代が、それにもかかわらず、個人の判断、必要な場合には、批判的な判断の推進と、快楽の正当性の意識を助長したということを認めるのは、おそらく、奇妙なことに思われるかもしれない。こうした事実に驚くような人は、まさしく、この時代――「自然さ」に取りつかれていた――が、「文学」を持っていたことを、忘れてしまっているのだ。ようするに、十七世紀のフランス文学は、これに続く諸世紀の文学が追い求めることに専念するようになる作業、すなわち、ますます広範な読者、制度によって次第に統率されなくなり、ますます多くなる私人としての読者を獲得する作業を開始したのである。いまだいくらか貴族的な習慣に浸っている「貴顕紳士」から、二十世紀初頭の「教養人」へ、ここには、十七世紀中葉の作家が行なった選択によって説明される連続性がある。フォントネルが、それを予言していた。「教養ある、すぐれた精神の持ち主は、いってみれば、先行の諸世紀のすべての精神から作られているのである。」

訳者あとがき

本書は、Roger Zuber, *La littérature française du XVIIe siècle* (Coll. « Que sais-je? » N°95, PUF, Paris, 1993) の翻訳である（原題は『十七世紀フランス文学』だが、訳者の判断で『十七世紀フランス文学入門』とした）。

原著者ロジェ・ズュベールは一九三一年生まれ、高等師範学校（エコール・ノルマル・シュペリユール）の出身で、フランス大学教授、モンレアル（モントリオール）大学教授を経て、一九七三年から八八年までパリ第十大学（ナンテール）、ついでパリ第四大学（ソルボンヌ）教授、一九九二年にソルボンヌ名誉教授となっている。現代フランスの最もすぐれた十七世紀文学研究者のひとりで、主著として次のものがある。

- *Les belles infidèles et la formation du goût classique*, Colin, 1968.
- *Boileau, visages anciens et nouveaux*, Presses universitaires de Montréal, 1973.
- *Le classicisme*, Arthaud, 1984.
- *Perrault, contes*, Imprimerie Nationale, 1987.

本書の内容については、「はじめに」のなかで過不足なく説明されているので、訳者が付け加えるべきことはないが、フランスの一般読者向けに書かれているとはいえ、いわゆる「入門書」の域を超えて、小冊でありながら専門研究書としても読みごたえのあるものになっている。日本語で読むことのできる

類書がきわめて乏しく、十七世紀フランス文学の邦訳も豊富とはいえないことを考慮して、翻訳書の題名に敢て「入門」と冠することにした。著者の豊かな学識を背景に、凝縮された簡潔かつ流麗な文体によって書かれた本書は、われわれ日本の読者にとって、理解しがたい箇所もあり、翻訳にあたって補足的説明を加えたり、引用文を原著より多少長めにしたところがある。また、本書に原註はなく、挿入されている註はすべて訳註である。なお、巻末の邦語参考文献は、翻訳にあたって訳者が直接参照したものので、網羅的な文献目録ではない。不明箇所について、いつもながら勤務先の同僚ティエリ・マレ教授のご教示を得た。遺憾ながら、訳者の力量不足で、マレ教授の的確な指摘のすべてを訳文に生かすことができなかったが、マレ教授の友情に謝意を表したい。

本訳書は数年前に刊行されるはずであったが、訳者の怠慢で大幅に遅れてしまった。原著者にたいして、また埋もれていた旧訳稿を甦らせてくれた編集担当者の中川すみさんにお詫びとお礼を申し上げる。

二〇一〇年七月

原田佳彦

参考文献

On complétera : *a)* par d'autres volumes de la collection « Que sais-je? » sur notre sujet [nos 392, 1414, 1730, 1753, 2174, 2389], et aussi pour les périodes voisines [nos 128, 1880, 2430], la critique générale (nos 499, 664, 1346, 2133, 2311, 2514, 2540], et surtout les questions de civilisation [426, 830, 878, 960, 1138, 1150, 1422, 1537, 2018, 2621] ; *b)* par les dictionnaires récents [François Bluche, *Dict. du Grand Siècle* ; Béatrice Didier, *Dict. univ. des littératures*] ; *c)* par des collections de grande diffusion [« Premier cycle » (PUF) : *Litt. fr. du XVIIe siècle* ; « Litt. fr./ Poche » (Arthaud), nos 3, 4 (*Le Classicisme, 1660-1680*), 5 , *Introduction à la vie littér. du XVIIe siècle* (Bordas), etc.].

Bibliographie et index détaillés dans : Jean Mesnard et div. auteurs, *Précis de litt. fr. du XVIIe siècle*, PUF, 1990.

全般

Numéros spéciaux des revues : *Revue d'hist. litt. de la France, XVIIe siècle, Littératures classiques* (Toulouse), *Papers on French Seventeenth cent. lit.* (Tübingen), etc.

Antoine Adam, *Hist. de la litt. fr. au XVIIe s.*, 5 vol., 1948-1956 ; Paul Bénichou, *Morales du Grand Siècle*, 1970 ; Jean Mesnard, *La culture au XVIIe siècle*, 1992 ; Jean-Michel Pelous, *Amour précieux, amour galant*, 1980 ; René Pomeau, *L'Age classique*, 3 : 1680-1720, 1969 ; Bernard Tocanne, *L'idée de nature en France au XVIIe siècle*, 1978 ; Louis Van Delft, *Le moraliste classique*, 1982.

批評と散文

René Bray, *La formation de la doctrine classique*, 1951 ; Emm. Bury, *Aux origines du classicisme*, 1993 ; Claude Chantalat, *A la recherche du goût classique*, 1992 ; Peter France, *Rhetoric and truth in France*, 1972 ; Marc Fumaroli (dir.), *Critique et création litt....*, 1977 ; Marc Fumaroli, *L'âge de l'éloquence*, 1980 ; Noémi Hepp, *Homère en France au XVIIe siècle*, 1968 ; Jean Jehasse, *Guez de Balzac et le génie romain*, 1977 ; Aron Kibédi-Varga, *Les poétiques du classicisme*, 1990 ; Jean Lafond, *La Rochefoucauld. Augustinisme et littérature*, 1977 ; Jean Lafond, dir., *Moralistes du XVIIe siècle*, 1992 ; Roger Lathuillère, *La préciosité*, 1966 ; Maurice Magendie, *La politesse mondaine et les theories de l'honnêteté*, 1925 ; Jean Marmier, *Horace en France au XVIIe siècle*, 1962 ; Emm. Mortgat et E. Mechoulan, *Ecrire au XVIIe siècle*, 1992 ; Arnaldo Pizzorusso, *Eléments d'une poétique littéraire au XVIIe siècle*, 1992 ; Alain Viala, *Naissance de l'écrivain*, 1985 ; Roger Zuber, *Les « belles infidèles » et la formation du goût classique*, 1968.

詩

Jean-Pierre Chauveau, *Anthologie de la poesie fr. du XVIIe siècle*, 1987; Patrick Dandrey, *La fablique des fables*, 1991 ; Y. Fukui, *Raffinement précieux dans la poésie française*, 1964 ; Alain Génetiot, *Les genres lyriques mondains*, 1630-1660, 1990.

小説

Henri Coulet, *Le romain jusqu'à la Révolution*, 2 vol., 1981 ; Frédéric Deloffre, *La nouvelle en France*, 1967 ; René Démoris, *Le roman à la première personne*, 1975 ; Françoise Gevrey, *L'illusion et ses procédés*, 1987 ; M.-Th. Hipp, *Mythes et réalités*, 1976 ; L. Leibacher-Ouvrard, *Libertinage et utopies sous le règne de Louis XIV*, 1989 ; Maurice Lever, *Le roman français au XVIIe siècle*, 1981 ; Georges Molinié, *Du roman grec au roman baroque*, 1982 ; A. Pizzorusso, *La poetica del romanzo in Francia, 1660-1685*, 1962 ; Jean Serroy, *Roman et réalité : les histoires comiques au XVIIe siècle*, 1981.

演劇

Les trois volumes *Théâtre du XVIIe siècle* (Bibl. de la Pléiade, éd. Scherer-Truchet-Blanc, 1975-1992) : point de départ indispensable.

Gabriel Conesa, *Corneille et la naissance du genre comique*, 1989 ; P. Dandrey, *Molière ou l'esthétique du ridicule*, 1992 ; Gerard Defaux, *Molière ou les métamorphoses du comique*, 1992 ; Christian Delmas, *Mythologie et mythe dans le théâtre français*, 1985 ; Georges Forestier, *Esthétique de l'identité dans le théâtre français*, 1988 ; Marc Fumaroli, *Héros et orateurs*, 1990 ; Roger Guichemerre, *La comedie avant Molière*, 1972 ; Henry-C. Lancaster, *A History of French dramatic literature*, 9 vol., 1929-1942 ; Pierre Lerat, *Le ridicule et son expression dans les comédies françaises*, 1980 ; Jacques Morel, *Agréables mensonges*, 1991 ; François Moureau, *De Gherardi à Watteau, présence d'Arlequin sous Louis XIV*, 1992 ; Liliane Picciola, *Corneille et la dramaturgie espagnole*, 1993 ; Jacques Scherer, *La dramaturgie classique en France*, 1950 ; Jacques Truchet, *La tragédie classique en France*, 1975.

邦語参考文献
（訳者による）

文庫クセジュ，関連書目

アダン，アントワーヌ『フランス古典劇』（今野一雄訳），1971年.
ギシュメール，ロジェ『フランス古典喜劇』（伊藤洋訳），1999年.
コニュ，ルイ『ジャンセニスム』（朝倉剛／倉田清訳），1966年.
ソーニエ，ヴェルダン＝ルイ『十七世紀フランス文学』（小林善彦訳），1965年.
ニデール，アラン『ラシーヌと古典悲劇』（今野一雄訳），1982年.
バリバール，ルネ『フランス文学の歴史』（矢野正俊訳），2002年.
ルースロ，ジャン『フランス詩の歴史』（露崎俊和訳），1993年.

研究書

アザール，ポール『ヨーロッパ精神の危機』（野沢協訳），法政大学出版局，1973年.
赤木昭三『フランス近代の反宗教思想』，岩波書店，1993年.
赤木昭三／赤木富美子『サロンの思想史』，名古屋大学出版会，2003年.
井村順一『美しい言葉づかい——フランス人の表現の技術』，中公新書，2008年.
ヴィアラ，アラン『作家の誕生』（塩川徹也監訳），藤原書店，2005年.
小場瀬卓三『フランス古典喜劇成立史』，法政大学出版局，1970年.
カッシーラー，エルンスト『デカルト，コルネーユ，スウェーデン女王クリスティナ』（朝倉剛／羽賀賢二訳），工作舎，2000年.
川田靖子『十七世紀フランスのサロン』，大修館書店，1990年.
倉田信子『フランス・バロック小説の世界』，平凡社，1994年.
倉田信子『フランス・バロック小説事典』，近代文芸社，2004年.
鈴木康司『わが名はモリエール』，大修館書店，1999年.
田中仁彦『ラ・ロシュフーコーと箴言』，中公新書，1986年.
戸張規子『フランス悲劇女優の誕生』，人文書院，1998年.
橋本能『遠近法と仕掛け芝居——十七世紀フランスのセノグラフィ』，中央大学出版部，2000年.
藤井康生『フランス・バロック演劇研究』，平凡社，1995年.
フーコー，ミシェル『狂気の歴史——古典主義時代における』（田村俶訳），新潮社，1975年
プーレ，ジョルジュ『人間的時間の研究』（井上究一郎ほか訳），筑摩叢書，1969年.
ベニシュー，ポール『偉大な世紀のモラル——フランス古典主義文学における英雄的世界像とその解体』（朝倉剛／芳賀賢二訳），法政大学出版局，1993年.
ボーサン，フィリップ『ヴェルサイユの詩学』（藤井康生訳），平凡社，1986年.

ボルケナウ，フランツ『封建的世界像から市民的世界像へ』（水田洋ほか訳），みすず書房，1965年.
矢橋透『劇場としての世界――フランス古典主義演劇再考』，水声社，1996年.
ルーセ，ジャン『フランス・バロック期の文学』（伊藤廣太ほか訳），筑摩叢書，1970年.

講座・辞典

『フランス文学辞典』，白水社，1974 年.
『世界文学事典』，集英社，2002 年.
『フランス文学講座』，大修館書店，1976 ～ 80 年.
第 1 巻『小説 I 』，第3巻『詩』，第4巻『演劇』，第5巻『思想』，第6巻『批評』.

作品の邦訳

『コルネイユ名作集』（岩瀬孝ほか訳），白水社，1975 年.
コルネイユ『嘘つき男・舞台は夢』（岩瀬孝／井村順一訳），岩波文庫，2001年.
シラノ・ド・ベルジュラック，サヴィニヤン『日月両世界旅行記』（赤木昭三訳），岩波文庫，2005年.
スカロン『滑稽旅役者物語』（渡辺明正訳），国書刊行会，1993年.
『セヴィニェ夫人手紙抄』（井上究一郎訳），岩波文庫，1943年.
ソレル，シャルル『フランシヨン滑稽物語』（渡辺明正訳），国書刊行会，2002年.
ボワロー『諷刺詩』（守屋駿二訳・註解），岩波書店，1987年.
フェヌロン『テレマックの冒険』（上下）（朝倉剛訳），現代思潮社，1969年.
フォントネル『世界の複数性についての対話』（赤木昭三訳），工作舎，1992年.
『ピエール・ベール著作集』（野沢協訳），法政大学出版局，1978 ～ 2004 年.
『ペローの昔ばなし』（今野一雄訳），白水社，1984 年.
『ペロー童話集』（新倉朗子訳），岩波文庫，1982 年.
『モリエール』（鈴木力衛編），筑摩書房（世界古典文学全集），1965 年.
モリエール『病は気から』（鈴木力衛訳），岩波文庫，1970年.
『ラシーヌ』（鈴木力衛編），筑摩書房（世界古典文学全集），1965 年.
ラシーヌ『フェードル・アンドロマック』（渡辺守章訳），岩波文庫，1993年.
ラシーヌ『ブリタニキュス・ベレニス』（渡辺守章訳），岩波文庫，2008年.
ラ・ファイエット夫人『クレーヴの奥方』（生島遼一訳），岩波文庫，1937年.
『ラ・フォンテーヌ寓話』（市原豊太訳），白水社，1959 年.
ラ・フォンテーヌ『寓話』（上下），（今野一雄訳），岩波文庫，1972年.
『ラ・フォンテーヌの小話（コント）』(三野博司ほか訳），現代教養文庫，1987 年.
ラ・ブリュイエール『カラクテール－当世風俗誌』（上中下），（関根秀雄訳），岩波文庫，1952～53年.
『ラ・ロシュフーコー箴言集』（二宮フサ訳），岩波文庫，1989 年.
ル・サージュ『ジル・ブラース物語』（全4冊）（杉捷夫訳），岩波文庫，1953～54年.
『フランス十七世紀演劇集――喜劇』（鈴木康司ほか訳），中央大学出版部，2010 年.

訳者略歴
原田佳彦（はらだ・よしひこ）
一九四四年生まれ
一九七二年学習院大学人文科学研究科修士課程修了
フランス文学・ヨーロッパ思想専攻
学習院大学文学部フランス語圏文化学科教授
主要訳書
アンリ・グイエ『人間デカルト』（共訳、白水社）
モーリス・デュピュイ『ドイツ哲学史』（白水社文庫クセジュ六八〇番）
エマニュエル・レヴィナス『時間と他者』（法政大学出版局）
シモーヌ・ヴェーユ『カイエ1』（共訳、みすず書房）

十七世紀フランス文学入門

二〇一〇年八月一日印刷
二〇一〇年八月二〇日発行

訳　者　© 原　田　佳　彦
発行者　及　川　直　志
印刷所　株式会社　平河工業社
発行所　株式会社　白　水　社
東京都千代田区神田小川町三の二四
電話　営業部〇三（三二九一）七八一一
　　　編集部〇三（三二九一）七八二一
振替　〇〇一九〇―五―三三二二八
郵便番号一〇一―〇〇五二
http://www.hakusuisha.co.jp
乱丁・落丁本は、送料小社負担にてお取り替えいたします。

製本：平河工業社
ISBN978-4-560-50949-4
Printed in Japan

文庫クセジュ

819 戦時下のアルザス・ロレーヌ
825 ヴェネツィア史
826 東南アジア史
827 スロヴェニア
828 クロアチア
831 クローヴィス
834 プランタジネット家の人びと
842 コモロ諸島
853 パリの歴史
856 インディヘニスモ
857 アルジェリア近現代史
858 ガンジーの実像
859 アレクサンドロス大王
861 多文化主義とは何か
864 百年戦争
865 ヴァイマル共和国
870 ビザンツ帝国史
871 ナポレオンの生涯
872 アウグストゥスの世紀
876 悪魔の文化史

877 中欧論
879 ジョージ王朝時代のイギリス
882 聖王ルイの世紀
883 皇帝ユスティニアヌス
885 古代ローマの日常生活
889 バビロン
890 チェチェン
896 カタルーニャの歴史と文化
897 お風呂の歴史
898 フランス領ポリネシア
902 ローマの起源
903 石油の歴史
904 カザフスタン
906 フランスの温泉リゾート
911 現代中央アジア
913 フランス中世史年表
915 クレオパトラ
918 ジプシー
922 朝鮮史
925 フランス・レジスタンス史

928 ヘレニズム文明
932 エトルリア人
935 カルタゴの歴史
937 ビザンツ文明
938 チベット
939 メロヴィング朝
942 アクシオン・フランセーズ
943 大聖堂
945 ハドリアヌス帝

文庫クセジュ

語学・文学

28 英文学史
185 スペイン文学史
223 フランスのことわざ
258 文体論
266 音声学
407 ラテン文学史
453 象徴主義
466 英語史
489 フランス詩法
514 記号学
526 言語学
534 フランス語史
579 ラテンアメリカ文学史
598 英語の語彙
618 英語の語源
646 ラブレーとルネサンス
690 文字とコミュニケーション
706 フランス・ロマン主義
711 中世フランス文学
714 十六世紀フランス文学
716 フランス革命の文学
721 ロマン・ノワール
729 モンテーニュとエセー
730 ボードレール
741 幻想文学
753 文体の科学
774 インドの文学
776 超民族語
777 文学史再考
784 イディッシュ語
788 語源学
800 ダンテ
817 ゾラと自然主義
822 英語語源学
829 言語政策とは何か
832 クレオール語
833 レトリック
838 ホメロス
840 語の選択
843 ラテン語の歴史
846 社会言語学
855 フランス文学の歴史
868 ギリシア文法
873 物語論
901 サンスクリット
924 二十世紀フランス小説
930 翻訳
934 比較文学入門